近代能乐集

〔日〕三岛由纪夫 著

玖羽 译

四川人民出版社 ｜ 后浪出版公司

图书在版编目（CIP）数据

近代能乐集 /（日）三岛由纪夫著；玖羽译 . -- 成都 : 四川人民出版社 , 2019.10
ISBN 978-7-220-11587-5

Ⅰ.①近… Ⅱ.①三…②玖… Ⅲ.①能乐—剧本—作品集—日本—现代 Ⅳ.① I313.35

中国版本图书馆 CIP 数据核字 (2019) 第 191332 号

KINDAI NOGAKU-SHU
by MISHIMA Yukio
Copyright © 1956 The Heirs of MISHIMA Yukio
All rights reserved.
Originally published in Japan.
Chinese (in simplified character only) translation rights arranged with
The Heirs of MISHIMA Yukio, Japan
through THE SAKAI AGENCY and BARDON-CHINESE MEDIA AGENCY.
本书中文简体版权归属于银杏树下（北京）图书有限责任公司

JINDAI NENGYUE JI

近代能乐集

著　　者	［日］三岛由纪夫
译　　者	玖　羽
选题策划	后浪出版公司
出版统筹	吴兴元
编辑统筹	梅天明
特约编辑	石儒婧
责任编辑	熊　韵
装帧制造	墨白空间·张静涵
营销推广	ONEBOOK
出版发行	四川人民出版社（成都槐树街 2 号）
网　　址	http://www.scpph.com
E－mail	scrmcbs@sina.com
印　　刷	北京飞达印刷有限责任公司
成品尺寸	130 毫米 ×185 毫米
印　　张	7
字　　数	130 千
版　　次	2019 年 10 月第 1 版
印　　次	2019 年 10 月第 1 次
书　　号	978-7-220-11587-5
定　　价	42.00 元

四川省版权局
著作权合同登记号
图字：21-2019-428

目　录

邯　郸

登场人物

次郎

菊

美女

舞女（一）

　　　（二）

　　　（三）

绅士（一）

　　　（二）

秘书

老名医

医师（一）

　　　（二）

注：所有幻影必须堂堂正正地出现。

　　梦中场景不可过暗。倘若过暗，便有促使观众期待转亮，从而无法将注意力集中于眼前事件之虞。

　　可根据演出者的实际需要，自由决定是否让幻影佩戴面具。

［在幕前。］

菊　（仅有声音）哎呀，真是欢迎、欢迎啊，少爷。

次　郎　（仅有声音）有十年不见啦，阿菊呀，有十年不见啦。

菊　（仅有声音）您都长得这么高啦。……啊，我来帮您拿。

次　郎　（仅有声音）不用，我自己拿就好，真的不用。

菊　还是让我帮您拿吧，一个包而已嘛。

［菊拿着包登场。她是一位外貌约四十岁、身着朴素和服的女性。紧随在她后面，次郎——一位年约十八岁、身着双排扣西服的少年——登场。］

次　郎　（环顾四周）唔，现在还挺黑的嘛。

菊　马上就会亮啦。现在这时候，白天可是很长的。来，请到这里来。（跪下，将幕布用手拉开）

［在背对观众的二人面前，幕布拉开。正面是纸门。大量折纸手工从天花板上垂吊下来。］

次　郎　哇，好漂亮！这不是和我小时候的房间一模一样吗？是吧？

菊　当然啦。阿菊我从来没有忘记那个房间。为了把东京的那个养育了少爷您的房间永远保存下来，我像这样做了一个它的模型。

次　郎　可惜，那个房间已经被烧毁了。

菊　是啊，但它还原封不动地留在这里呀。

次　郎　（伸手摸着垂吊下来的折纸手工）感觉简直就像回到

了那座已经被烧毁的房子里。你是从什么时候开始挂这些的?

菊 这十年来，我一有空就折这些。已经十年啦。每过一个月，我就把所有的折纸都重新换一遍。

次 郎 女人的执念好深啊。真可怕。

菊 哎呀，您说的话可真怄人。您从五岁的时候起，就已经会说怄人的话啦。

次 郎 (躺到地上)还有积木呢。这就是给阿菊你送行的时候，我送给你的积木吧?我都好久没玩积木啦。哈哈，拱顶下面还有小汽车呀。

菊 这个拱顶有点低。每次汽车过去的时候，少爷您都要把拱顶提起来一下。

次 郎 汽车坏啦。

菊 啊?

次 郎 我是说真的汽车。

菊 啊，您是说“啪士”吧?

次 郎 不是“啪士”，是“巴士”。你是不是现在还在说“第叭脱”啊，“盖士林”啊什么的? ①

菊 我平时又用不着那种词。咱这种乡下地方，哪来的“第叭脱”啊。

次 郎 你看，你刚才又说了。

菊 (转移话题)那，车是在哪儿坏的?

---

① 这几个词的原文都是外来语。“第叭脱”为“第帕脱”(百货公司)之讹;“盖士林”为“恺士林”(汽油)之讹。——译者(本书注释均为译者所注)

次　郎　我坐的是昨晚八点的最后一班巴士。正好开到一半
　　　　的时候，就在那个山口坏的。

菊　车还挺容易在那儿坏的呢。

次　郎　就算再怎么等，坏了也修不好。我盖着外套，在巴
　　　　士上睡了一觉。起来的时候，已经过三点了。然
　　　　后，我走了大概一里① 路，就到这儿来了。

菊　哎哟，少爷您走夜道啊？

次　郎　反正路也很好找嘛。天上有星星，路上很亮。

菊　（重新坐好）少爷啊，我的预感还真是挺灵的哪。
　　　我在半夜里突然起来，就把和服穿上了，然后就心
　　　神不宁地，到现在都不困。

次　郎　你知道我会来？

菊　这个嘛……我总觉得您有一天会来的。

次　郎　你觉得我跑到这么远的地方来，只是为了到你这儿
　　　　玩的？

菊　因为呀，少爷，不管谁到这种地方来，都没什么赚
　　　头。……就算您是为了什么赚头来这儿的，能看到
　　　您，阿菊我依然很高兴。

次　郎　你可能是挺高兴的吧。我会到这种地方来，就说明
　　　　我已经全完啦。我的人生已经结束啦。

菊　嘿，您说这话，我可真是不懂。您才十八岁吧？
　　　明明才十八，怎么就说自己完了呢？这不是说不

———————————
① 日本的 1 里约合 3.9 公里。

　　　　　　　通吗？

次　郎　就算我才十八岁，也已经懂得，自己的人生已经全
　　　　　　　完啦。

　　　菊　您的头又不秃！您的腰又不弯！您的脸蛋这么水
　　　　　　　灵！怎么还说这种话呢？

次　郎　阿菊你是看不见的。我的头发虽然黑油油的，其实
　　　　　　　已经全白啦。我的牙齿虽然还在，其实已经全没
　　　　　　　啦。我的腰板虽然挺着，其实也彻底弯啦。

　　　菊　我不明白您在说什么。

次　郎　对，阿菊你是不会明白的。

　　　　　　　——停顿——

　　　菊　我说，少爷，您是不是……那个……跟哪家的小
　　　　　　　姐……那个……

次　郎　恋爱啦？

　　　菊　对。是这样吧？

次　郎　（立即否定）不，我没有爱上女人，也没有被女人
　　　　　　　爱上。

　　　菊　这么说来，就不是失恋了。

次　郎　啊哈哈，阿菊你傻啊？又不是小孩子，失个什么
　　　　　　　恋啊。

　　　菊　（睁大眼睛）嘿，那是出了什么事呢？被朋友背叛
　　　　　　　什么的……

次　郎　你说朋友！我从一开始就没有任何朋友。

　　　菊　那，是落榜？

次　郎　我已经不上学了。

　　菊　那，是跟社会上的人有什么摩擦？

次　郎　不，我只是在家里闲待着而已。

　　菊　那，您怎么说自己的人生已经完蛋了呢？明明还没开始，怎么就完了呢？

次　郎　就是还没开始就完啦。

　　菊　少爷，您要是再把阿菊我当傻子，戏弄我，我可就生气啦。

次　郎　喊，臭老太婆，厉害个什么劲啊。

　　菊　肯定是有什么原因的。可能是您昨晚没睡好，所以现在一肚子气吧？您还是先睡一觉吧。好吧？阿菊我去做早饭，您趁这工夫先好好地眯上一觉吧。好吧？等您睡足了，精神肯定会特别舒畅的。我现在就在这儿把床给您铺好。

次　郎　（站起来，把纸门推开一条缝隙，往外看去）喂，阿菊啊，院子里的花草树木怎么都蔫头耷脑的？一朵花都没开。整个院子黑洞洞的，静悄悄的，感觉很不舒服。

　　菊　（一边铺床一边回答）我家的院子已经死啦。也不会开花，也不会结果。从很久以前就已经这样啦。

次　郎　你说"从很久以前"，是从你丈夫离家出走的时候开始的吗？

　　菊　您知道啊。

次　郎　我什么都知道。但这事可不是我在书上看的。前段时间，我在银座认识了一个穿得像卓别林、扛广告牌①过活的人。那人是独身，只有喝咖啡和看电影这两个爱好。他好像有咖啡和电影就很幸福了。他把那个故事给我讲了。

菊　　什么故事？

次　郎　枕头的故事。

菊　　（大惊失色，坐起）啊呀，少爷！

次　郎　阿菊啊，你有一个神奇的枕头，是吧。别用那么可怕的表情看着我。我只是从那个"卓别林"那儿听了一个童话而已啊。

菊　　那种故事都是瞎编的。

次　郎　随你怎么说！反正，你是有个神奇的枕头吧？不管这枕头为什么在你这儿，现在给我用用……以前，你丈夫曾经睡过这个枕头吧？当时应该是夏天，你丈夫在枕头上睡午觉，你到镇上去买东西了。傍晚，等你回来的时候，丈夫已经没影了，也不知他去了哪里，从此再也没有回来。

菊　　（塞住耳朵）求您别再说了！太难受了！别再说了！

次　郎　从那一天起，你的院子里就不再开花了。无论是百合花，还是抚子花，都不再开了。对吧？

菊　　您说得没错。因为那枕头是从唐土的邯郸城传来

————————

① 用两块广告牌夹着身体在街上走的推销员。

　　　　　的，经过次次转手，最后成了我家家传的宝物。

次　郎　但为什么睡在那枕头上就……

　　菊　我也不清楚。因为太害怕，我自己也没拿它睡过。

次　郎　那个"卓别林"说，只要在那枕头上睡上一小觉，
　　　　醒来之后，就会觉得世间的一切都蠢到家了。当看
　　　　到太太的脸的时候，他完全不明白，自己怎么会和
　　　　这样的女人在一起过日子。然后，他就马上离家出
　　　　走了。

　　菊　（哭泣）……

次　郎　对不起呀，阿菊，把你弄哭啦？对不起呀。

　　菊　您不用这么道歉。少爷您什么错也没有……

次　郎　不过，阿菊呀，从那以来，你真的一次也没有用过
　　　　那枕头吗？

　　菊　我跟您掏心窝子说了吧，从那以来，我把那枕头用
　　　　过三次。

次　郎　三次……

　　菊　对，三次。因为我丈夫是那样不见的嘛，男人里又
　　　　有一些好事的，他们就总是来撩拨我。那时候，那
　　　　个枕头能派上用场，也是奇怪的缘分啊。

次　郎　"派上用场"，你是指他们都逃走了？

　　菊　啊，就是……这个……实在很难开口。

次　郎　你讲嘛！你讲嘛！

　　菊　虽然很难开口，但也没什么可羞的……

次　郎　你讲嘛！阿菊，你讲嘛！

菊　以前，您向我讨点心的时候，也是像这样摇着我的膝盖呀。

次　郎　你讲嘛！别岔开话！

菊　那好，我讲。就是说，我全靠那枕头守住了身子。

次　郎　嘿，那到底是怎么回事呀？

菊　这个嘛，躺在那枕头上可是特别危险的事啊。等睁开眼睛的时候，每个男人都觉得这浮世蠢得不行，我也根本入不了他们的眼。然后，少爷呀，他们就一个个地出去流浪了，也不知去了哪里。

次　郎　他们觉得什么蠢？

菊　就是女人啊，金钱啊，名誉啊，这一类的。

次　郎　嗐，那我就没什么可怕的了。女人是肥皂泡，金钱是肥皂泡，名誉也是肥皂泡。在肥皂泡里映出来的，就是我们住着的这个世界。我早就知道了。

菊　您只是在嘴上知道。

次　郎　胡扯，我真知道这些，所以我的人生才结束啦。阿菊啊，所以说，我，只有我，就算枕那枕头也没问题的。

菊　谁知道呢。我只是想到，您从那枕头上醒来之后，要是也用看外人的眼神看着阿菊我，然后马上跑出去，那我该多伤心啊。

次　郎　没问题的，我肯定没问题的。……我是不会像那个"卓别林"一样的啦。

菊　"卓别林"？

次　郎　对，就是你丈夫啊。

　　菊　您怎么……

次　郎　你看，我什么都知道吧？

　　　　——停顿——

　　菊　那这样吧，少爷，要是枕了那个枕头之后，您也准备出去流浪的话，就把阿菊我也带上吧。

次　郎　哎呀，我不是肯定没问题的嘛。我是不会被枕头的效果影响的。就是为了确认这一点，我才特意到这儿来的啊。

　　菊　啊，可是，我看到少爷您的脸，就感觉像在看着流水一样啊。

次　郎　你在说什么啊。天快亮了，快点把枕头拿出来。

　　菊　只要您答应到时候带着我……

次　郎　我不答应。因为我根本就不会离开这里。

　　菊　但是总有个万一……

次　郎　阿菊，你期望"万一"啊？那样的话，你就能出去找你丈夫了，是吧？

　　菊　（窘迫）怎么可能……

次　郎　是吧，是吧。噫，你脸红啦。

　　菊　少爷，您不明白，等待是多么难受啊。

次　郎　你也睡一次这个枕头呗。那样的话，丈夫什么的就能全忘啦。

　　菊　我太害怕了。枕头的效果真的很可怕……

次　郎　少废话，快把枕头拿过来！

　菊　　我本来想就这么安安静静地一直老死的，哎呀，都
　　　　怪少爷您，我现在有了很丢脸的念想啦……

次　郎　　嗯咳，那只是万一，阿菊，只是万分之一的可
　　　　能呀。

　菊　　好吧，我把枕头拿给您。

次　郎　　哎呀，我要睡觉，要睡觉呀。快点拿枕头过来，天
　　　　都快亮啦。

　菊　　好的，现在就……（退场）

合　唱　　枕何辜
　　　　咎在枕上人
　　　　鸟不鸣
　　　　花不绽
　　　　枕何辜
　　　　咎在人
　　　　枕何辜
　　　　咎在鸟
　　　　枕何辜
　　　　咎在花
　　　　森林每日虽常绿
　　　　随风而摇亦空去
　　　　摇之，飘之……
　　　　咎在不开之百合

［——这一段是默剧。次郎脱下上衣，躺进被子。菊捧着枕头登场，把枕头放在次郎头下，退场。合唱结束。美女从正面登场，戴着面具、穿着西式长裙。］

美　女　次郎啊……次郎啊……

合　唱　醒来吧！醒来吧！

美　女　次郎啊……次郎啊……

合　唱　醒来吧！醒来吧！

次　郎　（醒来，直起上半身）怎么啦？谁啊？啊，你是谁？好漂亮啊。

美　女　你猜啊。

次　郎　我不喜欢女人这样。老老实实告诉我名字。

美　女　你喜欢老实的女人啊。还真是守旧的人呢。女人要是不稍微抵抗一下，不就没意思了吗？

次　郎　哎呀，烦死了。都是些套话。

美　女　没错，我的名字就叫"桃花"呀。

次　郎　我可没听过这么蠢的名字。

美　女　你看，要是名字就叫"套话"，套话也就不是套话了。

次　郎　这笑话一点也不好笑。

美　女　哎呀，你在发抖呢。我来把你的手，看，就像抓一只蝴蝶一样……给抓起来。（用双手包住次郎的双手）抓到啦。不然的话，你的手可就唰地一下从你的身上飞走喽。

次　郎　你真爱幻想。

美　女　（狡猾地一笑）只是模仿你而已。

次　郎　如果一个懂得男人的女人去模仿一个不懂女人的男人，你觉得会怎样？

美　女　你把事情说得太复杂了，少年。

次　郎　会变成一个不懂男人的女人。

美　女　你说这些的时候，还真是洋洋自得呀……来喝点"桃花"带来的酒吧，少年。

次　郎　不要，我讨厌喝醉。

美　女　喝不醉还叫什么酒呢？

次　郎　所以我讨厌酒啊。

美　女　虽然你现在说这种话，但是再过十年，你会变成酒鬼的。

次　郎　我知道。不过，既然我十年后肯定会变成酒鬼，现在又有什么必要喝呢？

美　女　在强词夺理的时候，你的眼睛特别可爱呢。看你的眼神，就像沉醉在自己的强词夺理里似的。

次　郎　啊，刚才有可怕的东西在你的眼睛里闪过去了。

美　女　什么可怕的东西？

次　郎　在女人的眼睛里，有时会有一条狼闪过啊。

美　女　那大概是牧羊犬吧。

次　郎　我一点也不喜欢你。

美　女　但再过半年，咱们就要结婚啦。

次　郎　我一点也不喜欢你。

美　女　就算你不喜欢，再过不久咱们也要结婚啦。

次　郎　就好比谁也不喜欢堆在衣服口袋里的垃圾，但垃圾总是会不知不觉地堆在口袋里，并且会堆一辈子。洗衣工可没那么好心，连口袋里面都给你洗。

美　女　（唱歌一般地）洗衣工可没那么好心……然后，我们就要去新婚旅行啦。

次　郎　无数的小费，让人打哈欠的风景，拍得烂透了的纪念照……换句话说，就像小时候看到的庙会上的表演一样——打着阳伞走绳索的公猴子太郎先生、母猴子花子小姐……

美　女　说得就像你见过似的。

次　郎　新婚旅行什么的，无非是试用商品而已嘛。

美　女　（拍手）少年，你说得没错嘛。

次　郎　然后，五年之后，你就会像我骑惯了的自行车一样，被擦得闪闪亮亮的。但也就到此为止了。自行车接下来只会逐渐生锈罢了。那之后，虽说还是个好丈夫吧，但我已经变成不骑自行车、只走路，太太再也感觉不到他的存在的男人啦。

美　女　你想用这种话来给我致命一击，可这都是虚的哦。不会伤到对方半分的。你想象一下，早晨呢，我会先起床，把面包烤好的啦，会煮一个半熟的蛋的啦，会把蛋放在蛋杯里的啦，你就会用汤匙的边敲蛋的啦，就像这样，咔、咔、咔……

次　郎　那又怎么了，蛋就是蛋嘛。

美　女　我就会这么说的啦："你真笨啊，我来帮你敲吧。"

次　郎　你看，我就讨厌别人这么爱管闲事。

美　女　"哎呀，这个蛋煮成全熟的啦！"

次　郎　女人做的饭菜都是这样。要么煮过头了，要么还是生的。要么太辣，要么太甜。

美　女　我就会仔细地把蛋壳给你都剥干净，然后，就这么喂进你的嘴里。（突然吻上去）

次　郎　我喘不上气了！很难受啊。

美　女　你真笨啊，什么都不知道呢。你为什么会有鼻孔啊？接吻的时候要用鼻孔呼吸的。

次　郎　我讨厌用鼻孔呼吸。

美　女　所以你才呆呆地张着嘴呀。

次　郎　你真漂亮啊。

美　女　你总算开窍啦？

次　郎　我感觉在和面具接吻。

美　女　女人的吻都是这样的啊。

次　郎　你真的很漂亮。但如果把脸皮剥下来，下面依然是骷髅。

美　女　咦？

次　郎　我说，如果把你的脸皮剥下来，下面依然是骷髅。

美　女　哎呀，讨厌，人家从来没想过那种事啦。（下意识地摸脸）

次　郎　骷髅里也有美女吗？

美　女　那应该是有的吧。一定有的。

次　郎　你可真自信。但我知道，刚才跟你接吻的时候，在你脸颊下面，你的骨头在笑着。

美 女 脸既然在笑着，骨头也自然在笑着啦。

次 郎 哼，你还真好意思说。那我就不得不直说了。的确，脸在笑的时候，骨头也会笑；但脸在哭的时候，骨头也是在笑的。骨头会这么说："要笑就笑，要哭就哭，现在是我的天下啦。"

美 女 骨头的天下！好厉害啊，你能想到这些。

次 郎 女人的评价只有两句话。"好厉害"和"你真笨"。

美 女 你真是个又可爱又嘴毒的男孩子啊。

　　　　〔美女充满爱意地看着次郎。突然，从舞台左侧的摇篮中传来了婴儿的哭声。〕

美 女 哎呀，咱们的孩子出世啦。

次 郎 呵，简直就跟烤了个面包似的。

美 女 （走到摇篮旁）哎呀，好可爱呀，乖乖，认得妈妈吗？噗噗噗噗噗，叭——，啾噜啾噜啾噜……

次 郎 别弄了，傻拉巴叽的。又不是走街叫卖的。

美 女 来，咱们去找爸爸吧。听好了，可不能哭哦，爸爸自己也还是小孩子，所以相当不好伺候呢。（把摇篮搬到次郎的床前）看，是爸爸哦。孩子他爸，你也来看！是咱们的第一个孩子呢。

次 郎 哎呀，这就是第一具骷髅吗。

美 女 怎么样？他是像你呢，还是像我呢？

次 郎 （把脸转过去）孩子生下来啦。生到这个暗无天日的世界里来啦。明明在妈妈的肚子里还更光明一

些。怎么就偏偏喜欢往更暗的地方跑呢，真是蠢死
了。我一点都不能理解。

美　女　　看啊，他在眨眼呢，在笑呢。

次　郎　　骨头已经懂得笑了，你不觉得可怕吗？啊？

美　女　　啾噜啾噜啾噜……

次　郎　　啊，但愿这只是个梦啊！

美　女　　啾噜啾噜啾噜，叽……

次　郎　　啊，但愿这只是个梦啊！

美　女　　你看，他看见爸爸的脸就笑了。

次　郎　　喂，你说这家伙是像我呢？还是像你？

美　女　　你总说那些有的没的，这不是果然还是关心吗。

次　郎　　问你呢，像谁？

美　女　　你别摆出那么可怕的脸，会把他弄哭的。这个嘛，
　　　　　　很遗憾，比起我来，果然还是更像爸爸啊。

次　郎　　哎？

美　女　　你看，这眉毛，这鼻子，这嘴角……已经能在他的
　　　　　　脸下面模模糊糊地看到你的脸了。

次　郎　　这么说来，就是像我喽。

美　女　　高兴一下吧。

次　郎　　啊，真讨厌。居然像我！

美　女　　你就别谦虚了。

次　郎　　居然又生了一个像我一样的家伙。啊，真讨厌啊！

美　女　　（尖叫道）啊，别这样！

次　郎　　（拿起枕旁的烟灰缸，往摇篮里乱打）就该这样，就

　　　　　　该这样!

美　女　别这样! 你干什么，停手啊!

次　郎　死了……

美　女　孩子啊! 你好可怜，好可怜……

次　郎　这样就好啦。要是等他活下来长大，总有一天也会
　　　　　　为自己长得像老爹而感到痛苦的。事情都是这么循
　　　　　　环下去的。

美　女　哎呀，你真过分，居然连小孩子都嫉妒啊。

次　郎　没错，我不允许长得像我的东西存在下去。

美　女　(哭泣) 你真过分……真过分……

次　郎　看，骨头在笑吧。

美　女　但是，我果然还是爱着你呀。

次　郎　这才对嘛，要不就不像话了。

美　女　我明白啦! 你杀了孩子，这是因为爱我呀。你害怕
　　　　　　有人插进咱俩的关系里。我喜欢你，最喜欢你了。
　　　　　　我终于明白了，你原来是个无比热情的人啊。只是
　　　　　　我一直没有理解你的热情罢了。我真笨啊，我不会
　　　　　　再想孩子的事了……我原谅你啦。嗳，你的一切，
　　　　　　你这个人从头到脚的每一个角落，我都原谅啦。

次　郎　女人一自我陶醉起来，怎么连这都能掰扯通呢?

美　女　次郎，我原谅你，但只求你不要抛弃我。

次　郎　如果你能当一个忠实的妻子的话。

美　女　我能当的。我什么都愿意做。你叫我用抹布擦灰也
　　　　　　好，叫我打扫卫生也好，叫我缝补衣服也好，我什

么都做，就算你叫我全裸去大街上走，也没有问题的。

次　郎　很好很好，决心很好。首先，你绝对不能嫉妒。

美　女　好，我会忍耐的。我无论如何都会忍耐的。

次　郎　（伸了个懒腰）好啦，嗯，现在我成了丧子的父亲啦。我得安慰一下自己。得消消愁才行。得用世间男人常用的方法消消愁才行。

美　女　好啊，请你尽情地消愁解闷吧。我会在旁边看着的。不管你做什么，我都不会有一丁点儿嫉妒，专心地在旁边看着的。我会忍耐着，专心地看着你的。只要能看着你，我就满足了，我就很幸福了。（响起奇异而淫荡的音乐）我会静静地，像一朵百合花一样，专心致志地看着你的。

次　郎　好大的百合花啊。好吧，随便你怎么看我，看吧。你看也不会有钱给你的。

　　　　〔美女坐到舞台左侧的儿童椅上。三位戴着面具的半裸舞女登场。三位舞女围成圈跳舞。〕

合　唱　枕何幸
　　　　舞起日耀云霞辉
　　　　舞起人生即空归
　　　　舞何幸
　　　　啊，啊，啊
　　　　啊，啊，啊

舞起清影即空归

舞女一　次郎啊……次郎啊……

合　唱　醒来吧！醒来吧！

舞女二　次郎啊……次郎啊……

合　唱　醒来吧！醒来吧！

舞女三　次郎啊……次郎啊……

合　唱　醒来吧！醒来吧！

　　　　　［三名舞女邀请次郎跳舞，但没有成功。次郎躺在床上，以手托腮，望着她们。接下来，三名舞女围坐到次郎身旁。］

舞女一　哎呀，你的眼睛好漂亮啊。我从来没见过男人的眼睛有这么漂亮的。

次　郎　你是想听我说"这是为了看你的脸"吗？

舞女一　哎呀，你真会客套。

舞女二　这位哥哥，你的牙齿好白净啊。

次　郎　因为我每天早上都用硫酸刷牙呀。

舞女二　哎呀，好野蛮，好厉害啊。

次　郎　你的手真圆润，看起来很好吃。

舞女二　那你吃吧，反正还会再长出来的。

舞女一、二、三　哦呵呵呵呵。

次　郎　你们别笑，说点什么。女人一笑起来就很无聊，因为不知道她们什么时候才能笑完。

舞女一、二、三　哎呀，你真幽默。

舞女三　那，我就说啦。次郎先生，我好喜欢你的额头啊，又白又宽阔，就像飞机跑道那样。

次　郎　用来当飞机跑道就太浪费啦。你们谁来把它当成田地耕一耕吧。

舞女一　我来……

舞女二　我来吧。

舞女三　我来嘛。

舞女一　算啦，大家一起来耕吧。

次　郎　啊，好啊……要耕是吧，得撒种子……种子呢，对啦，就胡萝卜或牛蒡吧。没过多久，胡萝卜就长出来啦，牛蒡也出来啦。你们呢，就嗨哟嗨哟地从我的额头上把胡萝卜拔下来，把牛蒡也拔下来。然后把它们放在锅里咕嘟咕嘟地煮……是吧，然后盛在盘子里……

舞女一　然后呢？

次　郎　就吃啊。

舞女一　哎呀。

次　郎　吃得一点都不剩。

舞女二　哎呀，那然后……

舞女三　您说得好棒啊，那然后……

次　郎　完啦。

舞女一、二、三　咦？

次　郎　然后，话就说完啦。这世上的一切都是这样啊。懂了吗？懂了就快点给我走吧。

舞女一 不要嘛，次郎先生，不要嘛。

次 郎 你真烦啊，快点走吧。

舞女二 真是坏心眼的哥哥呀。但你冷淡的样子也有点帅呢。

次 郎 哎呀，真是烦啊，赶紧走吧。

舞女三 那我们就走啦。把小费给我们吧。

舞女一 下次咱们再慢慢玩啊。

舞女二 次郎先生，你一看就是个大方的人。我最喜欢舍得
     花钱的人啦。

     ［他们正说着，一位绅士出现在舞台左侧。绅士示意
     舞女们过来，给她们写了支票。舞女和美女从舞台
     左侧退场。］

次 郎 你是谁啊？多谢你替我付账啦。我正好没带钱哪。

     ［绅士走近他，递上名片。］

秘 书 我是您的秘书。钱是您的钱。请您原谅，我擅自替
     您写了支票。一万元，外加两千元小费。最近，要
     不是咱们公司掏钱，您也不能这么随心所欲地玩
     啊。拜托您，别到处乱玩了。您不知道咱们公司现
     在的生意做得怎么样，不能不看着点脚下呀。

次 郎 你说，咱们的公司？

秘 书 就是您的公司啊，社长。

次 郎 社长？

秘 书 您别说笑话了。哎呀，社长您可真是爱开玩笑啊。

次 郎 哼，我是社长啊。算啦，怎么都行。社长也好……
     那个，对啦，你现在马上把公司资本金和我个人资

产的清单拿来看看。

秘　书　是，现在就呈上来。

[秘书向舞台左侧示意。一位戴着面具的女职员用托盘端着电话机和账簿登场。她把电话放在次郎枕边、把账簿放在秘书面前，然后退场。]

次　郎　好，读吧。

秘　书　是。

[秘书戴上眼镜。电话响，秘书接电话。]

秘　书　是，是，社长他在。（用手捂住话筒）就是那个大阪的浪花产业。就是那个……

次　郎　（很不耐烦地）唔，唔。（把话筒接过来）是，是我……是……嗯……唔……嗯……实在是……不……是……嗯……唉嘿嘿……不……嗯……嗯……不……是……是……不……唔……唔……不……再见。（挂上电话）

秘　书　哎呀，简直是老社长再世啊。您接电话的样子，简直和老社长一模一样。老社长他也像这样，特别擅长打发烦人的电话。简直叫我佩服得无话可说。不愧是亲儿子，您真是遗传了老社长的本事啊……哎呀，这样一来，我感觉简直就像在伺候老社长一样啦……啊，真怀念哪。（取下眼镜，望向半空）老社长每天早上起来的时候，首先会按铃叫我，我就每天在他床边给他报告一天的安排，打电话传达他的意思，就这样过一个早晨。然后，报纸就该来了；

老社长最喜欢《都新闻》^①的艺妓八卦版，看完股票版就会看那一版。然后他一大早地就会讲那个玩笑……啊呀啊呀……然后呢，就该吃那有名的鸡肉火锅了。老社长的早餐是一定要吃鸡肉火锅的，他年纪越大精力越旺，据说都是鸡肉火锅的功劳，这在产业界很有名，有一阵子还特别流行呢……跟老社长共进早餐，那可是无上的光荣啊。我每个早上都发自肺腑地品尝，就是吃那个鸡胗，鸡胗不是很硬嘛，老社长只能吃软的部分，他就把硬的部分给我吃……那天早晨的鸡肉火锅的美味，真是没有语言可以形容……

次　郎　赶紧给我念清单。

秘　书　（戴上眼镜）是，现在就读。

　　　　［电话响，次郎接电话。］

次　郎　是……是的……呵……唔嗯唔嗯……嘿……对……不……呵……是的……是……嘿……呵呵……是……再见。

秘　书　（点头哈腰）太棒啦！太棒啦！

次　郎　来，清单……

秘　书　是……

　　　　［电话响，秘书接电话。］

秘　书　嗳……嗳……是，没错……（向次郎竖起小指^②）……

---

① 旧时的报纸，1942 年与《国民新闻》合并为《东京新闻》。
② 在日本，竖小指是暗示妻子、女友或情妇。这里指最后一种。

是，现在给社长接。（把话筒递给次郎）

次　　郎　　啊？……哼，是我……大清早的吵个什么劲啊。我
这里很忙的。要挂了……哎呀，你怎么对着电话哭
起来了，真不像话……从今天起，我跟你到此为止
了……对，这就结束了……秘书之后会把钱给你送
去。懂了吗？（挂上电话）

秘　　书　　哎哟，您可真是尽兴地玩了一回啊。您这个决心下
得太好啦。您终于决定结束这段关系啦，社长。老
社长在那个世界，不知该多高兴啊。其实我一直想
跟您进谏来着，但总是在心里嘀咕。现在您终于下
定这个决心啦。您真是英明盖世啊，社长。

次　　郎　　赶紧的，清单……

秘　　书　　是，我实在是太感动了……那个，公司的资本金
呢，就如您知道的，是两亿三千万元 ①……固定资
产有……

次　　郎　　我有多少股份？

秘　　书　　是，这个……（翻页）

合　　唱　　呜哦哦，呜哦哦，呜哦哦……

次　　郎　　那是什么声音？

秘　　书　　没什么，您不用在意，只是工会的家伙们在嚷嚷
罢了。

---

① 1950 年的日元的购买力大约是现在（2019 年）的 8 倍。亦即，当时的
2.3 亿日元相当于现在的 18.4 亿日元（这是非常粗略的估算，只是为了方便
理解）。

合　唱　呜哦哦，呜哦哦，呜哦哦……

次　郎　就算这样，声音也太大了吧。

合　唱　呜哦哦，呜哦哦，呜哦哦……

秘　书　（回头看去）这么说来，民众也在嚷嚷啊。

合　唱　呜哦哦，呜哦哦，呜哦哦……

次　郎　我的股份？

秘　书　百分之五十五。

次　郎　（半枕着枕头）全给我处理了。

秘　书　咦？！

次　郎　我说，全给我处理了。

秘　书　董事会和股东大会上会闹翻天的。

次　郎　别扯这个，我个人的财产有多少？

秘　书　不动产八百万，证券一千二百万。这是为了税务计
　　　　算方便取的整数，总共两千万。然后……

次　郎　这些也先给我处理了。

秘　书　社长，请您清醒清醒！清醒清醒！

合　唱　呜哦哦，呜哦哦，呜哦哦……

次　郎　把所有钱都散给那些家伙。剩下的就捐给慈善事
　　　　业吧。

秘　书　您这是有什么深谋远虑……

次　郎　没什么深谋远虑。只是我要睡了。就是想睡而已。
　　　　［背对秘书睡去。］

秘　书　（旁白）睡着啦。哎哟，社长这是要从政啊。（把
　　　　电话拿回舞台左边的玩具桌上）喂喂……喂喂……

是《日本新闻》吗？社会部，负责政治报道的……对，野山君，在吗……（旁白）这样的话，就算粉身碎骨、豁出性命，也要帮社长进入政界……喂喂，喂喂，野山君，Big news……对，而且是 Hot news……我家社长把所有财产都捐给工会和慈善事业啦，他要赤条条地出马，建立新政党……对……拜托你了……哪天当面道谢……拜托……是……千万拜托……

[舞台上暗下来。秘书退场。合唱唱起先前美女登场时的歌曲。重新变亮。两位戴着面具的老绅士面向舞台左边站立。]

绅士一　真是急转直下啊。

绅士二　真是的。

绅士一　这简直是一种政变。

绅士二　真是被他摆了一道。与其说是政变，不如说是遭到了他的突然袭击。

绅士一　从他散光财产进政界到现在，也才三年而已。

绅士二　现在想来，他从那时就开始布这个局啦。

绅士一　可是，像我这样的穷人，就算散光财产，也没什么用的。

绅士二　你就爱这么说。你不是把财产都藏在井里了吗？

绅士一　我家的那口老井啊，藏你呀，藏财产什么的，都太浪费啦。那是为了万一的时候藏我自己的。

绅士二　像咱们这种年纪的人还贪生怕死，也太可耻了。我

就像这样，总带着毒药。这就是今天的政治家的修
养啊。（炫耀似的把毒药给对方看。绅士一认真地看
了一下，一边说话，一边把它放到桌上）

绅士一　不过，他既然控制了军部，那也就万事皆休啦。

绅士二　因为军部的中坚阶层已经全部臣服于他的党啦。

绅士一　英雄什么的，完全没有意义。只要没有欲望，谁都
能当英雄，甚至还能比欲望深重的人得到更多的权
力和利益。像他，一年到头都说什么不要钱，不要
女人，不要权力——不仅嘴上说，而且还装模作样
地实践，就像他真心想那样似的——政权就是这种
年轻人的，这世道就是这样啊。

绅士二　你也装模作样不就行了……

绅士一　已经太晚了。

绅士二　你至少明白了这一点嘛。

绅士一　可是，唉……

绅士二　请注意，"可是"是知识分子才用的词汇，不是政
治家该说的。

绅士一　你也无计可施，只能在这里发发牢骚了。可是，唉，
掌握了军部，独霸了议会，还引领着青年阶层……
下一步就是走向战争了……

绅士二　一切都已经准备就绪了。就连重工业的资本家们，
最近也完全自诩为爱国者了。昨天我就在工业俱乐
部听了一场演说，真叫我头疼。

绅士一　起码那里吃得还很好吧？

绅士二　一般来说，"饮食一致化"怎么都是让人受不了的吧。
　　　　一周要是不好好地吃上一顿，可是对肾不好的。

绅士一　很意外，独裁者倒是很喜欢粗茶淡饭。可能是他觉
　　　　得，对自己狠一点，也是为国家做贡献吧。不过，
　　　　虽然吃得简单，他却总是睡懒觉。

绅士二　在他睡觉的时候，有人帮他安排行程嘛。等他一醒，
　　　　只要顶着那张像死人一样铁青的脸做做演说，检阅
　　　　游行队伍，接见外国使节就行了。

绅士一　一切都已经上了轨道啊。

绅士二　然后独裁者才睡懒觉啊。

绅士一　当独裁者睡着的时候，整个系统已经帮他安排好了。

绅士二　睡着的独裁者……真是不错的身份啊。那家伙的
　　　　亲卫队可是打了觉醒剂[①]，整晚圆睁着眼睛给他站
　　　　岗啊。

绅士一　看啊，主人还在睡，可城市已经醒来，开始活动了。

绅士二　养育我们的城市，现在飘满了那样难看的旗帜啊。

绅士一　城市远方的朝霞真漂亮啊。到了这个年纪，起得也
　　　　早，才能欣赏到这种情趣啊。

绅士二　喂，你听见了吗？青年们已经开始游行了。

绅士一　真是可叹。这年头，年轻人反倒比老年人起得早了。
　　　　〔微微地传来了铜管乐队的吹打声。声音越来越大。〕

---

① 即安非他命类毒品，从战后开始流行。虽然现在"觉醒剂"已在日本变
成毒品的代名词，但在作者写作的当时，日本社会还把它视为提神醒脑的药
物，而不视为毒品（日本政府从 1951 年才开始取缔觉醒剂）。

合　唱　　次郎万岁！我们的次郎万岁！

绅士一　　"我们的次郎"啊。这是什么世道。

合　唱　　次郎万岁！我们的次郎万岁！

绅士二　　就跟以前喊"国王万岁"一样。堕落啦，堕落啦。
　　　　　民众的趣味已经堕落到这么糟啦。

合　唱　　次郎万岁！我们的次郎万岁！

绅士一　　啊呀，一听到那声音，我的风湿又要犯了。赶紧到
　　　　　对面的房间里抽根雪茄去吧。

绅士二　　好啊。等到我们的元首次郎大人起来为止。这么说
　　　　　来，你带雪茄了吧？

绅士一　　（一边退场一边说）没有，我还想管你借呢。

绅士二　　哎呀哎呀，我最近都没抽过那么贵的东西呀。（退场）

合　唱　　次郎万岁！我们的次郎万岁！（声音逐渐远去。铜
　　　　　管乐队的吹打声也逐渐远去）

　　　　　［戴着面具的**老名医**穿着一身黑衣登场。两位医师
　　　　　紧随在后。他们围在舞台左侧的玩具桌旁，开始
　　　　　讨论。］

老名医　　嘘——元首还在就寝哪。

医师一　　还在就寝哪。

医师二　　还在就寝哪。

老名医　　趁元首就寝的时候，咱们必须讨论一个事关重大的
　　　　　问题。我现在闭上眼睛，在桌上摸索，好吧？……
　　　　　我摸到了什么。

医师一、二　摸到了，摸到了。

老名医　（睁眼看去）哦，是毒药！

医师一、二　哦，是毒药！

老名医　我所担忧的果然成为现实了。不得不认为这是不可避免的。我一直提倡医学上的"偶然疗法"，而二位也赞同我的理论。换句话说，省略详细的科学解释，我的这种全新的理论是：在病情已经到了听天由命的时候，偶然的暗示可以看作是有着科学上的意义。我们可以基于概率，预先判断疗法是否有效。我刚才偶然摸到了被人忘在这里的毒药；根据我的理论，这就说明，如今患者需要的只有毒药而已。

医师一　老师您的高见完全正确。

医师二　本大学医学部的所有弟子都把老师您的理论奉为金科玉律。

老名医　诸位，如此一来，我们就面临着一桩非常令人悲痛的事件。我们的次郎——我们的元首，已经到了不得不服下毒药的状态了。

医师一　（向医师二说道）老师的高见可真是符合科学啊。

医师二　是啊，我们的学术传统可不能被政治上的意见所左右啊。

老名医　能得到诸位的赞同，我由衷地感到高兴。现在，我们的祖国已经到了即将开始行动的时候；此时此刻，睡着的元首的使命已经结束了。这是因为，自从他投身政界以来，直到现在这一刻，足足三年的时间，我们的元首一直在这里睡觉。这个秘密——这个国家的重大机密，只有在下和置身权力核心的少数几人知道。我们准备了好几位替身，一直都是他们代替元首活跃在各个场合，尽力掌控元首的政权。打个比方的话，我们国家的现状，就犹如贵妇人把真的钻石首饰锁在金库里，只戴着分毫不差的仿制品出门一样。

医师一　就是，就是。

医师二　老师您的热情真是不输年轻人。我们必须好好学习才行。

老名医　然而，伪装的日子、虚妄的日子就要在今天终结了。我们的祖国正要开始行动，机器已经发出轰鸣，动了起来。而这动力的源泉，既不是元首，也不是他的亲信，而是青年们团结的力量。

医师一　多么富有魅力啊。

医师二　因为这正是真正的科学家的热情啊。

老名医　机器已经动了起来。我们已经不需要睡觉的元首；睡觉的独裁者应该死亡。

　　　　[医师一、二拍手喝彩。次郎醒来，支起上身。]

次　郎　怎么啦，怎么啦？出什么事啦，老爷爷？

老名医　我们的元首就要离世了。允许他亲近的人进来见最后一面。

　　　　[美女和三位舞女蒙着黑纱，低着头登场。秘书登场。所有人一起围在床边，安静地坐着。]

次　郎　真奇怪，你们都怎么啦？怎么突然都一言不发的？
　　　　喂。（捅捅一位舞女）呀，在哭啊。出了什么伤心
　　　　事？真是个奇怪的女人。

老名医　向元首道别。（所有人一起跪拜）

次　郎　怎么还是傻呆呆地，一句话都不说呀？喂，我的太
　　　　太呀，你不是说要当一朵百合花吗？杀了孩子，真
　　　　是对不起啊。

老名医　向杯中倒水。

医师一　是。

老名医　请服此药。

次　郎　怎么啦，这是？

老名医　请您痛快地将药一口服下。大家都等着给您送终呢。

次　郎　不要。开什么玩笑，我还一点都不想死呢。

老名医　请不要任性，痛快地辞世吧。

次　郎　你这家伙真能纠缠。我都说了不想死了。

老名医　现在是元首您的临终之时，请不要让人觉得丢脸。

次　郎　不要。我才不想死。你们怎么不制止他啊？太无情
　　　　了。一个个都只会哭，什么都干不了，女人哪怕在
　　　　这种时候也派不上用场啊。

老名医　都这个时候了，您就不要骂女人了。来，请将药一
　　　　口服下吧。

次　郎　不要，不要。我绝对不要。

老名医　既然这样，也没有办法。为了不让您死得丢脸，好
　　　　吧，我就来说服您服下此药吧。请大家都退下，这

里交给我就好。我知道大家都想给元首送终，但现在还是先退下吧。（除老名医外，其他人退场）——听好了，次郎。现在我来说服你，给我安安静静地听着。我们是"邯郸之城"的精灵。你大概也知道，枕这个枕头的人是一定要大彻大悟的。以前，有人枕着这个枕头睡了一觉，只过了蒸熟黄粱米饭的工夫，就在梦里过了一辈子，从而悟到了现世的虚幻。现在也是这样。在做梦的时候，所有人都很顺从、听话地过了一辈子，那真是过了一辈子。所以，为了让人在梦醒的时候，刻骨铭心地感到这一生是虚无缥缈的，在他当上皇帝的梦里，就会有人进献长生不老药给他。那就是我的任务。可是，你看看，你都干了些什么？从一开始，你就没有想活着的意愿，不是吗？你太不听话了。就算是在梦里，你也会把人生的一切一脚踢开。我从头到尾都看见了。

次　郎　可是呀，老爷爷，我在梦里做什么，是我的自由啊。不管我想活还是不想活，不是都跟你没有关系吗？

老名医　你的做法太无礼了。

次　郎　你说我无礼，可我倒是一点都不觉得烦恼。

老名医　我们觉得烦恼。像你这种无法无天的家伙，根本悟不到这个世界的虚幻。我没法完成任务了。这样的话，也只好让你活过去了。但在你活过去之前，我得先做我该做的事。

次　郎　但我又不想死。

老名医　矛盾！矛盾！你的话缺乏逻辑上的一致性！

次　郎　为什么？

老名医　因为你根本没有在这个世界上生活过啊。你现在是虽生犹死的行尸走肉，"不想死"又从何说起呢？

次　郎　就算这样，我也想活！

老名医　你先把药吃了，再考虑那些愚不可及的事吧！

次　郎　不要，我想活！

　　　　〔次郎抓住机会，打掉了老人手中的药。老人"呀"地叫了一声，就消失了。舞台变暗。纸门白花花地亮了起来。〕

　　　　〔次郎和原来一样睡着。纸门逐渐亮起。纸门后面嘈杂着小鸟的鸣叫。菊登场，摇着次郎的肩头，把他唤醒。〕

　　菊　少爷呀，您醒一醒。

次　郎　哼，唔。

　　菊　请您起来吧。哎呀，您又带着这样可爱的、天真无邪的表情睡着啦。真是和以前一点都没变啊。

次　郎　嗯，唔。

　　菊　请您起来吧。我已经把早餐给您准备好了。饭还热腾腾的呀。以前，要不是阿菊我做的饭，少爷您可是不吃的。

次　郎　哎呀，都早上啦。

　　菊　天已经大亮啦。今天的天气特别好。

次　郎　阿菊呀，我做了各种各样的梦。

　　菊　（显出不安，小声地）果然……

次　郎　你说"果然"，但我稍微有点不同哪。人生跟我想的一模一样。我一点也不惊讶。

　　菊　您难道也要像我丈夫一样……

次　郎　比起出去流浪，还是待在阿菊你的身边好。

　　菊　……

次　郎　你就放弃吧。放弃你丈夫吧。我哪儿都不会去的。所以，你已经没有跟我去流浪的机会，也没有再见到你丈夫的机会啦。

　　菊　虽然您这么说，可我却感到安心啦。真奇怪，我感到心里特别踏实。

次　郎　阿菊呀，你的感觉是真的。也就是说，你是活着的。

　　菊　少爷，这么说来，只有少爷您不会抛下我，一直留在这里吗？

次　郎　当然，我会在这里，以后一直都在这里。

　　菊　哎呀，好高兴，这个房间终于派上用场啦。只要一想到又能跟少爷您在一起，只有我们两个在一起，就好高兴啊。好像又变回了十年前的自己一样。

次　郎　我会一直在这里的。搞不好会在这里一直待到死的。

　　菊　那我也把丈夫给忘了吧。明明还是住在这里，却有一种来到新地方住的感觉。怎么会这样呢？少爷，我还以为不会再迎来像这样神清气爽的早晨啦。

次　郎　（在纸门左端推开一条缝隙，走到外面的走廊上）哎呀，真漂亮啊，阿菊，院子里的花开啦。（鸟鸣频密起来）

　　菊　咦？花吗？

次　郎　（从院子那里）你看啊，百合、蔷薇、报春花、紫罗兰、菊花，全都开啦。哎呀，真漂亮，这些花居然一起开啦。

　　菊　（站在纸门的缝隙处，往外看去）啊，真神奇呀。这样的早晨，不管谁见了都会觉得神奇吧……

次　郎　（传来声音）阿菊呀，洗脸的井口在哪儿？

　　菊　在那边，朝左走！

次　郎　（传来声音）哎呀，井口周围开满了鲜花呀！

　　菊　真神奇……真神奇呀……院子活过来啦……

　　　　——幕落——

绫　鼓

登场人物

岩吉——年迈的勤杂工

加代子——女事务员

藤间春之辅——日本舞师傅

户山

金子

女店主

华子

地　点

　　舞台中央是街道上方的半空。两侧是两座大楼的三层①，窗户和招牌隔空相向。

　　左侧的是位于三层的法律事务所。老旧的房间。善意的房间。真实的房间。摆有桂树的盆栽。

　　右侧的是位于三层的洋式裁缝店。最新流行的房间。恶意的房间。虚伪的房间。摆有庞大的穿衣镜。

————————

① 三层，日语为"三階"，读音近似"三界"。

时　间

春季，黄昏。

［——在舞台左侧的房间。］

岩　吉　（年迈的勤杂工。他拿着扫帚在屋内扫地，现在正扫到窗边一带）让开点，让开点。你呀，就像是要护着脚边的垃圾似的。

加代子　（女事务员。她从一个粗陋的手提包里掏出手镜，借着从窗户透进来的光补口红）稍等一下哦，大爷。马上就好了。（岩吉的扫帚从后面掀动了加代子的裙子）呀！讨厌啦，最近的老大爷都好下流，好讨厌啊。（终于从原地走开）

岩　吉　（一边扫着地，一边说道）年轻女孩的情趣可真教人为难哪。十九二十岁的姑娘啊，嘴唇什么都不涂就是最好喽。你中意的那位，肯定也是这么想的。

加代子　（瞥了一眼时钟）但是，我觉得，就算不能把衣服穿得很漂亮，至少也得把口红涂起来。（又看了一眼时钟）哎呀，真是讨厌哪，为什么他跟我下班的时间不一样呢？要是在外面消磨时间，马上就得花钱……

岩　吉　像我这种人，从来没进过银座那一带的咖啡馆。在外食券食堂① 里，大家倒是都认识我哩。要想知道哪家的味噌汤好喝，问我准没错，马上就能知道。（向空着的办公桌一指）我还请老师喝过一次呢，老师也夸奖说，这才是一流的味噌汤；我可高兴啦，就像是自己家的味噌汤被夸奖了似的。

加代子　老师最近也挺不景气的。

岩　吉　法律太多啦，所以律师也过剩啦。

加代子　哎哟，是吗？明明在这么醒目的地方开了事务所。

岩　吉　大概是因为老师讨厌曲里拐弯的吧。（望向画框）就说那画框吧，哪怕是弯曲了一分一毫，老师都会不高兴的。所以我才想要像这样，把余生都奉献给老师呀。

加代子　（打开窗户）哎呀，到了黄昏，风也停了。

岩　吉　（走近窗户）早春的风里满是尘土，实在让人受不了……呵，正是夕阳风止之时啊。哦呀，从什么地方飘来了香味，真好闻。

加代子　是从一楼的中华料理店飘来的菜香。

岩　吉　那家店的价格也高，门槛也高。

加代子　您看，夕阳西下的景色是多么美丽，映照在每一幢大楼的窗上。

---

① 在第二次世界大战及战后的一段时期内，由于粮食短缺，日本政府对全民实行食品配给制，全国的餐馆也被禁止提供主食。对于职工等必须在外就餐者，食品配给以"外食券"的形式发放，持券者可在特定的"外食券食堂"就餐。1950 年左右（即本剧写作前后），情况逐渐好转，普通餐馆开始正常营业，但外食券制度直到 1969 年才彻底废除。

岩　吉　那是报社养的鸽子吧。啊，散开了。啊，又围成了
　　　　圆圈……

加代子　在恋爱之后，大爷您的精神也变得年轻了呀。真
　　　　不错。

岩　吉　可别这么说，我只是单相思而已，跟你们没法比。

加代子　您恋爱的对象是位贵妇人，她的名字却无从知晓……

岩　吉　她叫"月中桂树之君"。

加代子　（一指盆栽）桂树，就是盆栽里的那棵树吧？看起
　　　　来平平无奇嘛。

岩　吉　哦，我忘了给这棵重要的桂树浇水啦。（走开）

加代子　您真滑头，一感到不好意思就跑掉了。

岩　吉　（拿着喷壶，并不浇水）桂树呀，不好意思，忘了给
　　　　你浇水啦。现在就让你的叶子一口气变得鲜亮鲜亮
　　　　的。（一面浇水，一面珍爱地抚摸叶子）这就是人们
　　　　常说的"绿黑发"①呀。

加代子　还没有什么值得高兴的回音？

岩　吉　嗯。

加代子　真是的，差不多也该有个回音了吧，要不，连我都
　　　　觉得不好意思了。愿意给您当信使，做这种不拿钱
　　　　的无用功的人，可能也只有我了。怎么办？已经
　　　　三十封了，今天正好是第三十封……

岩　吉　在那之前，写好了却没送出去的情书还有七十封

---

① 绿黑发，对女性黑发的美称，源自汉诗，常见于日本古代的文学作品。

　　哩。在那七十天里，我每天都写，每天都激动不已，一直写到你对我产生同情，愿意为我做信使为止。加起来，就是……（陷入思索）

加代子　您傻了吧，不是一百封吗？

岩　吉　哎呀哎呀，单相思可真是艰辛哪。

加代子　大爷，您可真是不轻言放弃哪。

岩　吉　有的时候，我也会想，干脆忘了就好；可是，我明白，"想要忘记"的痛苦，其实更甚于"想忘也忘不了"。换句话说，尽管同样受着痛苦，"想忘也忘不了"到底是更好一些。

加代子　为什么会变成这样呢？（——这时，舞台右侧的房间亮起了灯）

岩　吉　看啊，那个房间亮起了灯。每天都是在这个时候……这边的房间死去之后，那边的房间就苏醒过来。到了早晨，这边的房间苏醒，那边的房间又死去了……那是三个月之前的事，我就像现在这样，打扫完毕之后，茫然地往对面的房间眺望……那时，我第一次看到了她的身影。她带着陪同的女仆，被老板娘引领着，第一次走进了那个房间……啊，那是何等的……她身披金色的毛皮大衣，当脱下大衣之后，就露出了一色纯黑的洋装。帽子也是黑的，但她的头发还要更黑，简直就像夜空。若说她容颜的美丽，只有用天上的月亮相比；从她身上发出的光，把四周照耀得明亮辉煌……三言两语地交谈几句之后，她笑了起来；我浑身颤抖……她笑了起来……就这样，直到她走进试样间为止，我一直在这扇窗户的阴影中直直地凝视着她……自那以来，一直如此。

加代子　她也不是什么大美女。不过，穿的衣服倒是挺漂亮的。

岩　吉　所谓的恋爱，就是这样。这是以自己的丑陋之镜，去映照对方。

加代子　听您这么一说，是不是连我也有资格啦？

岩　吉　没问题，在你中意的那位看来，你肯定也是个大美女。

加代子　这么说来，世界上有多少女人，就有多少月亮喽？

岩　吉　有的肥胖，有的纤瘦……是啊，就像满月、新月那样。

　　　　［三位男士走入舞台右侧的房间。］

岩　吉　差不多到时间了，我得赶紧把情书剩下的部分写完。

加代子　您快点吧，我在这边看一会儿书，等着您。

　　　　［——岩吉在桌边坐下，开始写情书的剩余部分。加代子坐在椅子上，开始读书。］

　　　　［——在舞台右侧的房间。］

日本舞① 师傅　（带着包着鼓的紫色包袱）在下名叫藤间春之辅。请多指教。

---

① 日本舞是一种日本传统表演艺术。实际上，日本舞的确有一个叫"藤间流"的流派。

青　年　我叫户山，请多指教。这位是外务省的金子先生。
　　　　这位是藤间先生。

藤　间　金子先生和户山先生以前认识吗……？

户　山　是的，金子先生是我上学时的前辈。

藤　间　这样啊。这次，敝派要上演一出舞剧。（分发纸张）
　　　　请看……夫人已经订了一百张票。

户　山　（嫉妒地）因为是夫人嘛。这回你可真是大赚了一
　　　　笔啊。

金　子　跟你不一样，夫人她是个只会付出，而决不索取
　　　　的人。

藤　间　夫人真是这样的人。

金　子　（断言道）我十分清楚夫人是个怎样的人。

藤　间　（满不在乎地）夫人她舞蹈的天赋也相当出色。

户　山　（看着钟）真慢啊，明明是夫人把我们约到这儿
　　　　来的。让男人等在洋服店里，她可真是喜欢恶作
　　　　剧呀。

金　子　在路易王朝[①]时代，男性客人会去卧室拜访。那时
　　　　的一句奉承话是："是谁为你的眼下增添了黑眼圈，
　　　　夫人？"（这句话请用法语说出[②]）

藤　间　咦，什么？

———————

① 路易王朝，即法国的波旁王朝（1589—1792、1815—1830）。
② 剧本中并未包含这句法语。本剧 1976 年公演时的台词是："Qui a fait les
cernes sous vos yeux, Madame?"（译者基于出版的舞台录音听记）

　　　　　［金子逐一翻译^①。户山冷淡地把头别了过去。］

藤　间　女人眼睛下面的黑眼圈很妙啊，有一种所谓"群云
　　　　遮月"的风情。

金　子　（只对自己所说的话题感兴趣）这个呢，大约就是外
　　　　交的真谛了。即使是自己给人家添上去的黑眼圈，
　　　　也要问一问，究竟是谁添上去的。

户　山　金子先生已经被任命为大使了。

藤　间　（躬身行礼）恭喜您。

　　　　　［——在舞台左侧的房间。］

岩　吉　写完喽，写完喽，这样就好喽。

加代子　每次的遣词用句都得别出心裁，您一定想得很费
　　　　神吧？

岩　吉　在恋爱的艰辛里，这算是快乐一面的艰辛呀。

加代子　那，我就在回去的时候顺便帮您送了。

岩　吉　不好意思呀，加代，你可千万注意，别给搞丢了。

加代子　只是过一条马路而已，就算想丢都丢不了……再
　　　　见，大爷。

岩　吉　加代，再见喽。

加代子　（在门口摇晃着信）但我可能会忘哦，毕竟，我也有
　　　　急事要办嘛。

岩　吉　你可别这么戏弄老人家呀。

———————

① 金子：好吧。"Qui a fait"是"谁添加的"。"les cernes"是"阴影"，也
就是"黑眼圈"。"sous vos yeux, Madame?"是"在你的眼睛下面，夫人？"
（出处同前）

[——在舞台右侧的房间。]

金　子　好慢哪。

户　山　（站在镜子前，整理着领带）夫人选的领带总是这
　　　　样。说实话，我不怎么喜欢这么花哨的领带。

藤　间　（一副心里有话不想直说的样子）这是在我的袭名
　　　　仪式上，夫人送给我的烟盒。比起烟盒呢，这个根
　　　　付 ① 要更贵一些，请你们来看看。（把它迎着电灯的
　　　　灯光）看起来简直不像是用木头雕的吧？简直就像
　　　　玛瑙一样吧？

金　子　我们官员不能收受贿赂，所以夫人送给我的东西，
　　　　我不得不一概谢绝。真是羡慕你们艺术家呀。

藤　间　大家都这么说。

户　山　（用哭腔说道）可恶，死老太婆，为什么不单独邀
　　　　请我呢？

加代子　（气喘吁吁地）啊，对不起，请问老板娘在吗？

户　山　刚才还在柜台那边，现在恰好有事出去了。

加代子　那可麻烦了。

户　山　你很急吗？

加代子　嗯，我来给老板娘送信。每天都要送的。是受人
　　　　之托……

金　子　（贵族风度地）请把信交付给我吧。

---

① 根付（ねつけ），江户时代出现的一种扣具，用于把各种物品挂在腰带
上。随着时间的推移，根付愈发精美、华丽，最终演变为供人玩赏的艺术
品。

加代子　（踌躇）这个……

金　子　我对此负责。

加代子　那就拜托您啦。拜托啦。（退场）

户　山　这姑娘还挺着急忙慌的。

金　子　（读信封上的字）嘿，这上面写的是"致月中桂树
　　　　之君"。真叫人吃惊。

藤　间　这可真是"罗曼蒂克"呀。

金　子　这不是师傅您写的吗？

藤　间　您别开玩笑，我们舞蹈的师傅，有写情书的时间，
　　　　早就把人家的手握住了。

金　子　哎呀哎呀，寄信人写的是"本田岩吉"。

藤　间　不过，这手段还真是挺灵巧的。

户　山　咦，管那位老板娘叫"桂树之君"？我是没见过桂
　　　　树长什么样啦，是特别高、特别粗的一种大树吗？

藤　间　可能是一种只粗不高的树吧。

金　子　这就是所谓的"人各有好"。那个，怎么说来着，
　　　　我记得法语里有同样的话……

女店主　（身材粗胖）哎呀，各位，欢迎欢迎。

户　山　有一封情书给你送来了。

女店主　是谁送来的呀？会给我送情书的男人，现在有五六
　　　　个哪。

金　子　难道说，局势正一触即发吗？

女店主　嗯，就是这样。我无论什么时候，都不能忘了武装
　　　　自己。

户　山　您的铠甲肯定得费不少布。

女店主　哎哟，年轻人，你净说这种有趣的话。

藤　间　（扭捏着声调）月亮里的桂树之君，请您到这边来呀。

女店主　哎呀，是这个情书呀。你们可真是误会大啦。

金　子　您就别装不知道了。

女店主　不，这是给夫人的。

众　人　咦？

女店主　（坐下）这些信让我太为难了。是一个在对面大楼的事务所里工作的勤杂工送来的，而且是个年近七十的老大爷。那大爷透过窗户看到夫人，就一见钟情了。

金　子　原来如此，是因为老花眼反而看得远吧。（笑了出来。只有他自己觉得这个笑话很好笑）要是能快点变老就好了。老花眼这东西，还真是方便哩。

女店主　那老大爷的情书，到现在已经送来几十封，不，几百封了。

户　山　如果他把这些情书分送给很多女人，说不定就有一封能撞上了。

金　子　你说得有一定道理，但是，恋爱这种事，说到底并不是个概率问题。一个女人心中的概率和无数女人心中的概率，可能是相等的。

藤　间　您把那些情书给夫人看过吗？

女店主　怎么能给夫人看呢？都被我用来擦梳子了。

户　山　您的梳子那么脏吗？

女店主　我说的梳子，是我家的狗用的梳子。我家有五条刚毛猎狐狸，用梳子给它们梳头、梳背的时候，它们可是眯缝着眼睛，高兴得很哪。

金　子　恋爱和狗，哪一边跑得更快一些呢？

藤　间　然后，哪一边又脏得更快一些呢？

女店主　哎呀，跟你们这些潇洒时髦的男士说话，真教我心里喜不自禁。

金　子　我再插一句嘴，请问那些情书是怎么回事？

女店主　就是这么回事。那间事务所里有位可爱的女事务员，她负责把信送过来。

户　山　啊，就是刚才的女孩吧？那种梅干一样的女人，到底哪里可爱了？

女店主　咦？

户　山　就是那姑娘，只有嘴上涂得鲜红鲜红的，想必舔一下都会酸得倒牙。

女店主　不过，那姑娘是个特别实诚的好孩子。只是因为不好意思拒绝她，我才每天收下那些信件。但我一次都没给过夫人……

金　子　听您这么一说，我们都不敢请您转交信件了。

女店主　只有那些信不行。那些信绝对不能交给夫人。万一夫人看过之后心情不悦，我的立足之地可就……

户　山　请问老板娘的"立足之地"是几文[①]的？

---

① 文（もん），日本旧时用于鞋和足袋（日式袜子）的长度单位。1 文约 2.4 厘米，即一文铜钱的直径。

女店主　咦?

户　山　我是问您站立的空间。大概有十二文?

藤　间　这位先生指的是足袋的长度。

女店主　（摆出认真的哭丧脸）我是永远不会穿足袋的。

　　　　　［——门被敲响了。］

女店主　怎么办，是夫人。

金　子　起立!（华子登场）敬礼!

户　山　（抱住华子）你真爱恶作剧!又迟到了。

藤　间　我们等您等得望眼欲穿啊。

女店主　不过，不管什么时候见到您，您都是这么漂亮。

　　　　　［——华子沉默地微笑着，褪去手套。］

女店主　（试图抢占主动权）大家都已经等了很久啦，咱们别
　　　　　耽误时间，赶紧开始试样吧。（从华子的身前看到身
　　　　　后）哎呀，夫人，您真是很适合优雅型的服装啊。
　　　　　因为您的体态天生便是如此高雅。不过呢，这回的
　　　　　春季套装，换成另外一种情致也可以吧?以夫人您
　　　　　的身体曲线来说，即使是运动型的服装，也能把它
　　　　　的魅力完美地展现出来……这次剪裁的时候，我特
　　　　　别留心，尽可能地保持简洁。在腰部两侧，我加上
　　　　　了简单的褶子，不知夫人意下如何?这个设计可以
　　　　　起到强调重点的效果……好啦，请您先移步到试样
　　　　　间里，等会儿再慢慢地上茶吧。

金　子　夫人，有人给你送来一封情书。你猜猜那男的多
　　　　　大?二十多岁，三十多岁，还是更大?

[——华子伸出一根手指。]

户　山　No，No，不是中学生。

[——华子笑着，伸出两根手指。众人一齐摇头。华子一根一根增加手指，最后半信半疑地伸出七根手指。]

金　子　您终于猜着了。正当锦绣年华，今年整七十。是对面那座大楼里的勤杂工。

[——女店主急忙把窗帘拉下来。在左侧的房间中，岩吉正在紧闭的窗户后面热情地窥探。]

[——与此同时，金子把信交给华子。华子拆开信封。所有人都探过头来看信。]

户　山　这上面写的是："至此，已送信三十封矣。恳请顾念在下情深意切，屈尊一读。"老板娘，您又骗人，说什么送来了几百封信。想必，多出来的那些信都被您私藏起来啦。

金　子　"思之日久，恋之愈深。此身老迈，时日无多。只因终日为恋爱之鞭所笞，欲疗此伤，故而相求。但求一度……但求一度接吻……"（众人爆笑）

户　山　咦？只要接一次吻吗？这人还挺清心寡欲的啊。

藤　间　真是让我惊讶。最近的老爷子比咱们还年轻气盛呢。

女店主　他写的是这种东西吗？我一直都没看过。（信被交给女店主）我看看，"恋心思念，即为常在不断之苦楚"，陈词滥调。跟"酱油与砂糖不同，带有辣味"没什么区别。

金　子　那老头子自以为只有他一个人在受苦，这种自我陶
　　　　醉实在令人厌恶。我们也一样在受苦，只不过没有
　　　　说出口罢了。

藤　间　因为我们都具备谨慎这种品质。

户　山　就算是我，也明白这一点。看那老头子的口气，就
　　　　好像我们这些人全都轻佻油滑，只有他懂什么是真
　　　　正的恋爱似的，真让人来气。

金　子　我们也一样啊。生活在这么坏的时代里，为了欺骗
　　　　自己，要重复多少痛苦，如果这些能用眼睛看到，
　　　　我还真想让他看看。

藤　间　对这种老派的人来说，也没有办法。恐怕他真的以
　　　　为，这个世界上有为恋爱设置的特别座席吧。

户　山　就是所谓的"情侣座席"吧？

女店主　少爷，您就别插科打诨了，讨论已经变得很认真
　　　　啦。（按呼叫铃）喏，夫人，男人的讨论开始带上热
　　　　度，这可是好事呀。

金　子　（以演讲的口吻说道）大体来说呢，我们必须唾弃
　　　　像那个老头子一样的家伙——那种家伙竟然相信真
　　　　实的感情，我们不能饶恕那样的家伙。正宗总店出
　　　　品的长崎卡斯提拉①，不管在哪里的偏远乡村都能卖
　　　　掉；但是，如果商人发自内心地相信这一点，得意
　　　　扬扬地去卖什么"正宗的蛋糕"，我就会憎恨他们。

----

① 卡斯提拉（カステラ），又名长崎蛋糕，系一种日本化的欧洲糕点，中世
纪由葡萄牙传教士传入长崎。

如果他们明知蛋糕是冒牌货还去卖，反倒比较好一些——那是骗局，是欺诈，是了不起的意识的产物。然而，我们拥有识别卡斯提拉的舌头。我们的恋爱，是从舌尖上开始的。

女店主　听起来可真勾人心动。

金　子　舌头可不认什么"正宗"。舌头所倚仗的，只有我们那具有普遍性的味觉而已。舌头会说："这个好吃！"除此之外，不会再作任何进一步的评论，这是因为舌头懂得谦虚。"正宗"之类的标签，都是人贴上去的；舌头只能识别卡斯提拉是好吃还是难吃而已。

女店员　（登场）请问您有什么吩咐？

女店主　那个，卡斯提拉，不是，那个什么来着，对啦，那个，五杯咖啡。请快一点。

女店员　好的，明白了。（退场）

金　子　一切问题都是相对的。恋爱这种东西，是一座由"不相信真实之物"这种感情建立起来的建筑物。然而，怎么说呢，那老头子，真是下流，真是亵渎，根本就是在看不起我们。简直是得寸进尺，得意忘形。

藤　间　您说的这些，对我来说太复杂了。没学过的东西，我搞不懂；不过呢，争抢门派当主、争抢宗家地位这种事情①，与艺术之道毫无关系，只有一举手一投

———————————
① 在日本舞各流派的历史中，争当主、争宗家的骚动并不罕见。这种争斗有时会十分丑陋。

　　足全都融通无碍，才是舞蹈应当达到的境界。这是
　　师父对我的教诲。是的……那位老爷子拼尽全力，
　　只为了抢到当主的地位，反而把恋爱最为销魂的境
　　界，也就是"融通无碍"，给，（做出舞蹈的手势）
　　嘿，噗的一声，扔到一边，视作等闲啦。

户　山　夫人您又怎么打算呢？一直沉默不语，真让人不舒
　　服。就算收到这种老头子写的情书，心里也不见得
　　只有厌恶的感觉吧。嗳，嗳，你也说点什么呀，月
　　亮里的桂树女士？

女店主　夫人被柔婉雍容地培养长大，肯定很讨厌自己被旁
　　人谈论。

户　山　但是，夫人可是特别喜欢折磨别人呀。

女店主　美丽的女人常有这种兴趣。

藤　间　甚至可以说，这是一种只与美女相称的兴趣。

女店主　拿颜色比喻的话，就是绿色。夫人正适合这种很难
　　搭配的颜色。

金　子　特别是，那种颜色没法在外人面前穿出去。夫人只
　　把它用在睡衣上，假装若无其事地穿着。

户　山　我可以作证，夫人绝对没穿过绿色的睡衣。

金　子　从刚才开始，你就挺狂妄的嘛。

女店主　算啦，算啦。
　　〔——女店员端着咖啡登场。众人安静地喝咖啡。〕
　　〔——在舞台左侧的房间。〕

岩　吉　怎么回事呀，对面的窗帘一直拉着。哎呀，实在没

法静下心来。只在那么一小会儿时间里，才能看见
她的样子……我觉得，今天她就会对我心生怜悯，
至少在窗棂那边，微笑着站着，往我这边看看，就
像画框里的画似的……不过，还不能放弃……不能
放弃。

[——在舞台右侧的房间。]

金　子　说正事吧。

藤　间　啊。(擦着洒在膝上的咖啡)

金　子　怎么了?

藤　间　刚才，我在喝咖啡的时候，想到了一个好点子。

金　子　正好我也在想，该怎么把那老头子嘲弄一番。嗳，
　　　　夫人，大体来说……

藤　间　我想到的是……

金　子　(毫不体谅地)大体来说，要是不狠狠地教训一次，
　　　　那种家伙是不会清醒过来的。没有必要因为他上了
　　　　年纪，就对他手下留情。我们必须得教教他，让他
　　　　知道，他所住的那个地方，只是一个谁也进不去的
　　　　小房间而已。

户　山　就是说，人进不了狗窝，是吧?

金　子　(心情变好)对，就是这样。

藤　间　我想到的，也是如此。来，你们先看看这个。(从
　　　　紫色的包袱中取出一面鼓)

女店主　这是鼓啊。

藤　间　这是这次舞剧用的道具。说到舞剧，感谢夫人购

票……言归正传，这面鼓，大家觉得如何？敲它的
话，看，不会响。它做得跟真鼓一模一样，但鼓面
蒙的不是皮子，而是绫子。

户　山　嘿，你新做了一面敲不响的鼓吗？

藤　间　不，这是舞台道具。

金　子　嘿，然后呢？

藤　间　把这面鼓跟情书的回信系在一起，扔进老爷子的房
间。喏，但回信的内容做了手脚。

女店主　听起来挺有趣的，请继续说。

藤　间　回信这么写："请敲这面鼓。"……喏，明白吧？"请
敲这面鼓。如果你的鼓声能穿过街上的杂音，传进
这扇窗户，我就让你的愿望成真。"……就这样。

户　山　Good idea！这样一来，那老头子肯定会死心的。

金　子　不用加上一句"如果鼓声传不到的话，就不能让你
的愿望成真"吗？

藤　间　这是言外之意，无须特意写出。

金　子　不过，外交文件必须慎之又慎才行哪。

藤　间　（自顾自地亢奋着）喏，夫人，您看，我可是为了保
护您，牺牲了一个舞台道具呀。

户　山　夫人可是买你一百张票的大客户，你牺牲一面鼓又
怎么啦？

藤　间　不要这么说嘛。喏，夫人，您同意吗？（华子微笑
着点头）

女店主　这样一来，我也轻松啦。今天就能让那老头子放

弃啦。

藤　　间　请拿纸砚过来。

　　　　　[——众人吵吵闹闹地准备起来。藤间代笔了一封回
　　　　　信，系在鼓上。女店主拉开窗帘。华子被引到窗边。
　　　　　金子打开窗户。]

金　　子　房间里好暗啊，那老头真的在吗？

女店主　我听那个女事务员说，直到夫人回去为止，他会一
　　　　　直往这边偷窥。

金　　子　那就喊喊他吧。

户　　山　我来负责喊他吧。嗬，从这里望过去，霓虹灯到处
　　　　　都是，还挺漂亮的啊。

藤　　间　谁来扔鼓？

金　　子　我来吧。上中学的时候，我可是尽人皆知的著名投
　　　　　手啊。(挥舞着手臂，做准备运动)

户　　山　喂——，本田先生，请把窗户打开。

　　　　　[——窗户打开了。岩吉战战兢兢地把半个身体探出
　　　　　窗外。]

户　　山　听好啦，我们把这个扔过去，你要好好地接住啊。

　　　　　[——岩吉点头。金子扔鼓，岩吉十分艰难地接住。
　　　　　然后他拿着鼓，回到书桌旁。]

岩　　吉　这是什么意思啊？扔过来了一面鼓。她正站在窗
　　　　　前，往这边定睛凝望。真是不可思议，当她像那样
　　　　　认真地望过来的时候，我却只剩下了躲起来的心
　　　　　思。迄今为止，她有时会隐藏自己的身影，大约是

　我凝视得过于热烈的缘故……哎，鼓上系着一封
信……（读信）啊，我的思念终于成真了。只要让
鼓声传过去就行。这大概是一种风雅的表现吧。也
许是因为她难以说出"Yes"来应承，所以才选择
了这种婉转曲折的手法……我的心胸痛苦。也许，
这正是由于我从未感受过如此的欢乐，就像穷人
家孩子的肚肠难以接受盛筵那样，我的心胸才在
欢乐中痛苦……大家都站在对面的窗口等待。是
好奇吧？是觉得没有修养的老年人敲的鼓很有趣
吧？……啊，我想到了一件妙事，我可以把鼓挂在
桂树上敲……（跪在桂树前）桂树呀，你这美丽动
人、可爱万分的桂树呀，请原谅我，我要把鼓挂在
你这绿发上了。很沉吧？请你稍微忍耐一下。真是
相称，真是相称呀。就宛如巨大的、美丽的簪子从
天而降，插到了你的秀发之上……请听我说，就算
我敲鼓，你的叶片也别颤抖啊，对我来说，没有比
现在这一刻、比站在你面前的这一刻更幸福的时候
了。每次看到你，我就会想，希望我的不幸能够比
你更美，能够滋生出比你更加繁茂的绿叶——真的
是这样，桂树啊，真的是这样。

户　山　快点敲啊。我们大家可是忍着寒冷，开着窗户等着
听呢。

岩　吉　喂——，我现在就敲，你们听好啦。

　　　　［——敲鼓。鼓不响。又敲另一边，依然不响。他疯

狂地敲着，还是不响。]

　　这鼓不会响！他们给了我一面不会响的鼓！我被嘲弄了，被侮弄了。（趴在地板上哭泣）怎么办？怎么办？那么高洁的她，竟然用了这种卑鄙的手段。不会有这种事的。这是不可能的……

[——右侧房间的窗户那里，众人一齐哄笑。随着一声巨响，窗户关闭了。]

　　笑吧！笑吧！随你们笑吧！……你们就笑着去死吧。你们就笑着腐烂吧。我可不会那样。（走向舞台后方的窗户）……我可不会那样。被嘲笑的人是不会死的……被嘲笑的人是不会腐烂的……（打开窗户，跨过窗台。他跨在窗台上，悲哀地俯下脸，盯着下面。过了一会，就像瘫倒一样，往楼下跳了下去。下方传来尖叫声。一时之间，能听到群众的喧嚷。）

[——在右侧的房间中，众人依然谈笑着。老人跳楼自杀的窗户并不朝向他们这边，因此他们谁都没有注意到。突然，门被打开了。]

女店员　刚才……对面那座大楼里的勤杂工好像跳楼自杀了。

[——众人大声喊叫，东跑西窜。有的人打开窗户，有的人往楼下跑去。只有华子一个人在房间中央茫然地伫立着。]

　　　　　　＊　＊　＊

　　［——深夜。舞台中央的街道背景变成了星空。在右
　　侧的房间中，放在架子上的时钟优雅地鸣响了两点
　　钟。房间里一片漆黑，终于，响起了门钥匙咔嚓咔
　　嚓的声音。门开了，手电筒的光照了进来。华子走
　　进房间，她身穿晚礼服，肩披短大衣，一只手捏着
　　门钥匙，另一只手拿着手电筒。华子把钥匙放进手
　　提包，走近窗户，把窗户打开。然后，她直直地盯
　　着舞台左侧房间的窗户，一动也不动。］

华　子　（低声地，仿佛在向谁搭腔）我来了啊。我来了啊，
　　　　因为你叫我来哟。我从深夜的宴会上溜走，到这里
　　　　来了哟①……请答话呀。你不在那里吗？

　　　　［——位于左侧房间正面、面向舞台后部的窗户打
　　　　开了。老人的亡灵从自己跳楼自杀的窗户外面升起，
　　　　走向舞台右侧。随着老人的接近，面向舞台右侧的
　　　　窗户徐徐开启。］

　　　　你在呀……你果然在那里呀。

亡　灵　从那之后，我就在你做梦的枕边和这个房间之间来
　　　　回往复。

华　子　我是被你召来的，但你还不知道我。你还不知道，
　　　　我为什么会到这里来。

———————————

① 这句台词的原文带有特殊的语尾，不符合日语的表达习惯。本剧1955年
公演时的导演武智铁二指出，这是在模仿能剧的语调。

亡　灵　你是被我拉过来的。

华　子　不，如果不借用人力的话，给人走的门是打不开的。

亡　灵　你连幽灵也要诬骗吗？

华　子　为什么我会有那种能力呢？我的能力，只能杀死一
　　　　位可怜的老年人而已。更何况，我只是微微点了点
　　　　头，事情就发生了。又不是我亲自下的手。

亡　灵　……

华　子　咦，你能听见？（亡灵点头）就算声音这么轻，你
　　　　也能听见啊。明明在人类和人类说话的时候，不
　　　　得不把声音提得更高才行……不过，在这个房间
　　　　和你的房间之间，如果声音传不过去，反倒更好
　　　　一些。

亡　灵　啊，漫天星斗，却看不到月亮。月亮已经沾满污
　　　　泥，落到了地上。我追逐着月亮，投身而下；这就
　　　　是所谓的，我和月亮的殉情啊。

华　子　（向下面的街道望去）月亮的尸体在哪里呀？我没
　　　　看见那种东西，只看见了深夜中巡游找客的出租车
　　　　在奔驰，只看见了巡警在到处巡视。哎呀，巡警停
　　　　下来了，但那可不是因为发现了尸体。他没有见
　　　　到任何人，和他会面的，只是从对面来的另一个巡
　　　　警——就像在照镜子一样。

亡　灵　你是说，幽灵只能和幽灵相会，而月亮只能和月亮
　　　　相会？

华　子　在深夜之中，大家都是这样。（点烟）

亡 灵 但我已经不是幻影了。在活着的时候,我才是幻影。如今依然留存的,只有我梦到的事物而已。已经没有人能让我失望了。

华 子 但是,据我所见,你还不能被称为爱情的化身。我并不是指你的胡子,你的勤杂工制服,你肮脏的衬衫;即便如此,要为你的爱情赋予形体,还缺了一样东西。在现在的这个世界上,为了举出证据,证明爱情的真心,没有它是肯定不够的。所以,你只好去死了。

亡 灵 你向幽灵寻求证据吗?(拍着自己的衣袋)你看,幽灵是身无分文的。我失去了所有所谓的证据,也就是财产。

华 子 可我却满是证据。在女人的内部,充满了爱情的证据。如果不停地把这些证据给出去,女人最后会充满无法再爱的证据。但是,全靠女人拥有证据,男人才能空着手进行恋爱。

亡 灵 啊,请让我看看那种东西!

华 子 刚才我不是打开门,进了这间房间吗?你猜,我是从哪儿弄到这门的钥匙的?

亡 灵 啊,请让我听听这件事!

华 子 那钥匙,是我从女店主的衣袋里偷来的。我的指尖非常灵巧,扒窃的本事至今没有退步——试了一下,能够证明这一点,我真的很高兴。

亡 灵 我明白了,你是对我的执念感到恐惧,因此才故意这么说，想让我对你心生嫌恶。肯定是这样。

华　子　那，你要看看吗？我曾经被取过一个好名字。很久以前，我曾经被取了"新月"这个诨名。在我的腹部有一个刺青，那是新月的刺青。

亡　灵　啊……

华　子　并不是我喜欢才文上去的，而是被男人强迫着文上去的。每次喝酒的时候，这刺青都会变得鲜红，而在平时，则是像死尸一样惨白。

亡　灵　你这婊子，你两次侮弄了我。一次不够，还要……

华　子　一次不够，是啊……一次是肯定不够的——无论是成就我们之间的恋爱，还是毁灭我们之间的恋爱。

亡　灵　你被对你没有真心的男人毒害了。

华　子　不对，我是被对我没有真心的男人锻炼了。

亡　灵　因为我对你真心，你就愚弄了我。

华　子　不对。你被嘲弄，仅仅是因为你年迈衰老。

　　　　〔——亡灵震怒起来，将左侧的房间染成赤红。挂着鼓的桂树熊熊地泛着红光。〕

亡　灵　你不感到羞耻吗？我可是要让你遭到报应了。

华　子　我完全没有感到恐怖，我已经变得更加强大，因为我曾经被爱过。

亡　灵　被谁？

华　子　被你。

亡　灵　啊，让你吐露真言的，正是我的爱的力量吧？

华　子　你瞧。更何况，真正的我，并没有被你爱着。（笑）

　　　　你想让我遭到报应？这是不中用的男人惯常的
　　　　做法。

亡　灵　不，我恋慕着你，这件事在冥界尽人皆知。

华　子　但在这个世界上，谁也不知道。

亡　灵　因为鼓敲不响？

华　子　是啊，因为我听不到鼓声。

亡　灵　这是鼓的问题。绫鼓是不可能被敲响的。

华　子　鼓敲不响，并不是鼓的问题。

亡　灵　即便是现在，我也恋慕着你。

华　子　"即便是现在"！你刚刚去世一周啊。

亡　灵　我恋慕着你。所以我会敲响这面鼓给你听。

华　子　你敲吧，我洗耳恭听。

亡　灵　我要敲响这面鼓给你听。我要用我的爱情敲响这面
　　　　鼓给你听。

　　　　[——亡灵敲鼓。鼓清楚地响了。]

　　　　响了！响了！你听见了吗？听见鼓声了吗？

华　子　（狡猾地微笑着）我没听见。

亡　灵　这也听不见？不可能。听着，我要敲啦，依着我写
　　　　信的数目敲啦。一声，两声，听见了吗？三声，四
　　　　声，鼓在响啊！（鼓声响起）

华　子　听不见。哪里有鼓在响啊？

亡　灵　听不见？啊，你在撒谎。这也听不见吗？十声，
　　　　十一声，这也听不见吗？

华　子　听不见。我没听见什么鼓声。

亡　灵　你撒谎!（震怒地）我听见的鼓声,你不可能听不
　　　　见。二十,二十一,你听,鼓在响!

华　子　听不见,听不见。

亡　灵　三十,三十一,三十二……你不要再说听不见了。鼓
　　　　在响,这个不可能响的鼓正在响!

华　子　啊,你快点敲吧。我的耳朵在这儿等着呢。

亡　灵　六十六,六十七……该不会,只有我的耳朵能听见
　　　　鼓声吧?

华　子　（绝望地,旁白）啊,这家伙和这个世界的男人一
　　　　模一样。

亡　灵　（绝望地,旁白）你们谁来做个证,她的耳朵的确
　　　　听见了。

华　子　听不见,还是听不见。

亡　灵　（无力）八十九,九十,九十一……啊,已经不行了,
　　　　这鼓声是我的幻觉吗?（继续敲鼓）没用的,都是
　　　　徒劳啊。这鼓果然是不会响吗?不管再怎么敲,再
　　　　怎么敲,绫鼓都……

华　子　快点,让我听见!不要放弃!快点,让鼓声传进我
　　　　的耳朵!（从窗户伸出手）不要放弃呀!

亡　灵　九十四,九十五……不行了,这鼓不会响。敲打不会
　　　　响的鼓,又有什么用呢?……九十六,九十七……
　　　　再见了,桂树之君呀,再见了……九十八,九十九……
　　　　再见了,我已经敲完了一百声……再见了。

　　　　[——亡灵消失。鼓声停止。]

　　　［——在右侧的房间中，华子茫然地伫立着。这时，
　　　　户山慌张地推开房门，登场。］

户　山　夫人！您在这儿啊。太好啦！大家正在到处找您
　　　　呢。您这是怎么啦？大晚上的突然溜了出去，到底
　　　　是怎么啦？（摇晃她的身体）请您清醒清醒！

华　子　（在似梦非梦之间）明明你再敲一下，我就能听
　　　　见了。

　　　——幕落——

演出备忘

　　一、在右侧房间中发生的对话几乎没有停顿。在左
侧房间中发生的对话，则请留出朴实的停顿。

　　二、背景变为星空的舞台转换可以在观众眼前进行。
质言之，就是把两张等大的背景板叠在一起，在取走前
面那张画着街道和黄昏天空的背景板后，正好露出后面
那张画着星空的背景板。

　　三、第一场的结尾和第二场的结尾通过华子"茫
然伫立"的姿势互相呼应。为了让她那犹如人偶的站姿
和左右对称的衣褶看起来更加规整，华子可以身着黑衣
登场。

卒塔婆小町

登场人物

老太婆

诗人

男士

女士

男士A、B、C

女士A、B、C

巡警

轻歌剧风格的、极为恶俗且老套的舞台。

公园的一角。以观众席为圆心,面向观众席,五张长椅、路灯、棕榈树等物呈半圆形排列,位置适当。舞台后部垂挂着黑色幕布。

*

[夜晚。五对男女在五张长椅上陶醉地相拥。

[见之令人生厌的乞丐老太婆一边捡着烟蒂一边登场。她来到五对男女的前后,恬不知耻地捡着烟蒂,逐渐接近中央的长椅,在长椅上坐下。从路灯

的影子里，一位身上脏兮兮的年轻诗人悄悄地走了
过来，他喝得酩酊大醉，靠着路灯的灯柱，直盯着
老太婆。

坐在中央长椅上的一对男女露出困扰的表情，终于
气恼地站起身来，互相挽着手臂退场。老太婆独占
了长椅，展开一张报纸，开始数自己捡来的烟蒂。]

老太婆　二、四、六、八、十[①]，二、四、六、八、十……
　　　　（拿起一颗烟蒂，对着路灯的灯光检视，看到它比较
　　　　长，便向左侧一对男女中的男士借了火，暂时吸了
　　　　一会儿。烟蒂变短后，将它掐灭，扔在报纸上，继
　　　　续数了起来）……二、四、六、八、十，二、四、六、
　　　　八、十，嗯。

诗　人　（走到老太婆身边，低头盯着她）

老太婆　（依然俯着脸）想要不？烟屁股。要就给你。（选了
　　　　一颗比较长的烟蒂给他）

诗　人　谢谢。（拿出火柴，点火，吸烟蒂）

老太婆　你跟着我干吗？是想找麻烦吗？

诗　人　……不，不是。

老太婆　你呀，是那啥，做诗人这买卖的吧？

诗　人　你知道得挺清楚嘛。我有时会写诗，所以算是诗

---

① "二、四、六、八、十"原文为"ちゅうちゅうたこかいな"，是日本的
一种两两计数的俗语歌谣，从二数到十。需要注意，作为歌谣，原文的计数
有其节奏所在。

人。不过，你说买卖，这可就……

老太婆　是吗，卖不出去的话，当然也就不叫买卖啦。（第
一次抬起头，盯着年轻人的脸）你还挺年轻啊。哼，
不过，寿命倒是不长。你已经现出死相啦。

诗　人　（并没有被吓到）老太太，你前世是看相的吗？

老太婆　怎么说呢，因为我看过太多人的脸，都看够了……
坐吧，你站都站不稳。

诗　人　（坐下，咳嗽）哼，那是因为我喝醉了。

老太婆　笨蛋。只要还活着，就得把两只脚好好地踩在地
面上。

　　　　　[——沉默。]

诗　人　喂，老太太，我每天晚上都在意一件事，在意得不
得了。为什么你每天晚上都在同一个时候到这里
来，还要煞费苦心地把坐在这张长椅上的人赶走，
自己坐上去？

老太婆　你是为了我占着长椅，才来找麻烦的吗？你是这地
方的黑帮吗？想跟我收使用费吗？

诗　人　不，长椅不会说话，我只是替它说话罢了。

老太婆　（转换话题）又不是我把他们撵走的，我一坐在这
儿，他们就自己走了。这长椅这么长，足能坐下四
个人哪。

诗　人　但是，到了夜里，长椅就是幽会的情侣专用的。我
每天晚上经过这个公园的时候，如果看到所有长椅
上都坐满情侣，就会感到安心。我会蹑手蹑脚地走

　　　　　　过这里。我在疲惫不堪的时候，或者被烟士披里
　　　　　　纯①驱使的时候，也会想在这里坐一坐，但最终还
　　　　　　是回避了……可是呢，也不知道从哪一晚开始，老
　　　　　　太太你……

老太婆　明白了。这儿是你做买卖的地盘啊。

诗　人　咦？

老太婆　这儿是你捕猎作诗材料的地盘吧？

诗　人　别胡说。公园、长椅、恋人、路灯，这种恶俗的
　　　　　　材料……

老太婆　现在已经不恶俗了。在过去，没有不恶俗的东西。
　　　　　　随着时间的推移，恶俗和不恶俗是会互相转换的。

诗　人　嘿，你刚才这句话很了不起嘛。这样的话，我也要
　　　　　　堂堂正正地替长椅提出抗议啦。

老太婆　你真烦人。不就是因为我坐在这儿，碍了你的眼吗？

诗　人　不，这是亵渎！

老太婆　年轻人就喜欢讲这种歪理。

诗　人　算啦，你听着……如你所见，我是个九流诗人，也
　　　　　　没有姑娘跟我交往。但是，我尊敬那些相亲相爱的
　　　　　　年轻人，映在他们眼中的，正是他们所见的、比真
　　　　　　实更美百倍的世界，我尊敬那种世界。请看，这些
　　　　　　人对我们的交谈没有表现出半点关心，他们都飞升
　　　　　　到了星辰的高度，在他们看来，星辰就在自己的眼

---

① "烟士披里纯"，英语 inspiration（灵感）音译。

皮底下，就飘浮在自己的脸颊旁边……这张长椅，你看着啊，这张长椅，就是所谓的登天的梯子。是世界上最高的火警瞭望塔、最高的观景台。只要和恋人一起，在这张椅子上一坐，就能马上看见半个地球上所有城市的灯光。但是，即使我，（说着，站到了长椅上）即使我一个人像这样站着，也什么都看不见……呀，倒是能看见对面有许多长椅，还有一个拿着手电筒到处乱照的家伙……哎呀，那是巡警啊。还能看见篝火，那是乞丐在烤火……能看见汽车的前大灯……呀，和另一辆车擦身而过，往对面网球场的方向开去了。我瞟到了一点，车里堆满了鲜花……是音乐会散场了呢，还是刚参加完葬礼呢？（从长椅上下来，重新坐下）……我能看到的，充其量也就是这些了。

老太婆　　真是蠢透了。你怎么会尊敬那种东西呀？正是因为这个，正是因为你有这种性情，才只能写出那种甜腻腻的、根本卖不出去的诗啊。

诗　人　　所以呀，不管什么时候，我都没有侵略过这张长椅。当你这个老太婆，还有我，占领这张长椅的时候，它就是一张普通的木头椅子；但是，如果被那些人坐上去，这张长椅就会变成回忆，就会由于那些飞散火花之人的人生的温暖，变得比沙发还要暖和。它会被赋予生命……但是，如果被你这个老太婆坐了上去，长椅就会变得像坟墓一样冰冷，就像

　　　　　　　是用卒塔婆①钉成的长椅。我就是忍受不了这一点。

老太婆　哼，你既年轻又无能，还没有眼光。那些家伙，那
　　　　　些流鼻涕的小屁孩和小丫头，在这儿坐一坐，就能
　　　　　给长椅生命？别胡说了。恰恰是那些家伙，正坐在
　　　　　坟上调情哩。你看，灯光正透过新绿的嫩叶，把他
　　　　　们的脸照得惨白；无论男女都闭着眼睛，看哪，他
　　　　　们看起来不是跟死人一样吗？在做那勾当的时候，
　　　　　他们就是死过去啦。（不断闻着周围的气味）哦，是
　　　　　花香啊。在夜里，花坛的花会分外地香，简直就像
　　　　　在棺材里一样。被花香埋没的他们，完全就是喜登
　　　　　极乐啦……还活着的，只有你，和我本人而已。

诗　人　（笑）别开玩笑啦。老太婆，你是说，你比他们更
　　　　　有活力？

老太婆　当然啦，我活了九十九年，身子骨依然这么硬朗。

诗　人　九十九年？

老太婆　（把脸转向路灯的灯光）你好好看看。

诗　人　哎呀，皱纹多得可怕。

　　　　　［这时，右侧长椅上的一对男女中的男士打了个
　　　　　哈欠。］

女　士　干什么呀，真没礼貌。

男　士　嗳，还是回去吧，会感冒的。

女　士　你真讨厌，反正肯定是觉得无聊吧？

_____

① 卒塔婆，原意为佛塔，在日本逐渐演变为插在墓前的细长木牌。这里是
在呼应本剧的能剧原作。

男　士　不，只是想起了奇怪的事。

女　士　哎？

男　士　说不定，我家的鸡明天会下蛋。这么一想，就突然
　　　　在意得不行。

女　士　什么意思？

男　士　没什么意思。

女　士　那，咱俩就完了呗？

男　士　现在还能赶上末班电车。好啦，快点走吧。

女　士　（站起来，盯着男士）你呀，唉，为什么系着品味那
　　　　么糟糕的领带呢？

　　　　〔男士沉默着催促女士，两人离去。〕

老太婆　他们终于复活啦。

诗　人　这是烟花消散了，可不是什么复活了。

老太婆　不，我见过无数次人类复活的脸，所以很清楚。那
　　　　是一种穷极无聊的脸。就是那个，就是那种脸，是
　　　　我所喜欢的……过去，当我还年轻的时候，如果不
　　　　经历什么让人头脑发热的事，就不觉得自己在活
　　　　着。只有在忘我的陶醉之中，我才能真切地感到，
　　　　自己正在生存。活着活着，我就发现了其中的差
　　　　错。那时，这个世界看上去是个适于安居的所在；
　　　　小小的蔷薇花看上去就像圆屋顶那么大；飞过的鸽
　　　　子听起来在用人的声音歌唱……那时，全世界的人
　　　　都看起来很开心，互相道着"您早"；找了十年的
　　　　东西，竟然在橱柜深处发现了；随处可见的姑娘的

脸，看起来就像皇后一般……那时，我感觉，枯死的蔷薇树上仿佛又有蔷薇绽放……当我还年轻的时候，那种蠢事，十天就会犯一次，现在回想起来，在那种时候，我就是死过去了……越劣的酒，就越容易醉人。在长醉之中，在甜腻腻的感觉之中，在泪水之中，我死过去了……从那之后，我就不再喝醉了。这就是我长寿的秘诀。

诗　人　（嘲笑地）是吗？那，老太婆，你生存的意义又是什么？

老太婆　生存的意义？别开玩笑了。像这么活着，不就是生存的意义嘛。我又不是为了吃到眼前的胡萝卜而跑个不停的马。马无论如何都要奔跑，是因为它必须遵守自己的天性。

诗　人　"目不斜视地"，"奔跑吧，小马"①，是这样吗？

老太婆　你的眼睛倒是一直不离自己的影子。

诗　人　太阳落山的时候，影子就会拖长。

老太婆　影子就会扭曲，最终溶入夜暗之前的黄昏。

　　　　〔在他们对话的时候，长椅上的恋人们陆陆续续地悉数退场。〕

诗　人　老太太，你到底是谁？

老太婆　我是过去曾被称为小町的女人。

诗　人　咦？

---

① 这是两句被战前的小学音乐读本收录的童谣里的歌词。"目不斜视地"出自《万事全靠精神强》（『何事も精神』）；"奔跑吧，小马"出自《小马》。

老太婆　曾经说我美丽的男人，已经全都死了。所以，现在我这么想，所有说我美丽的男人，都是一定会死的。

诗　人　（笑）那我就放心啦。毕竟，我现在见到的是九十九岁的你呀。

老太婆　是啊，你真是幸福啊……不过，像你这样的傻瓜肯定会觉得，不管是怎样的美女，年老了就会变成丑女吧？哼哼，那可就错啦。美女无论什么时候都是美女。如果你看我现在很丑，那也只能说明，我是个丑美女。以前，我听了太多次别人叫我美女，到了现在，过了七八十年之后，才叫我改变认识，觉得自己不再美丽，不，应该说，觉得自己变成了美女之外的什么东西，那可太费事啦。

诗　人　（旁白）哎呀哎呀，曾经美丽过一次，这是多么沉重的负担啊。（对老太婆）我理解。男人也差不多，只要参加过一次战争，就会一辈子谈论战争的回忆。当然，你曾经美丽过……

老太婆　（用脚踩地，踏出声音）不是"曾经"，我现在也是美女。

诗　人　我理解，所以你来谈谈过去的事吧。八十年前，也许是九十年前？（掰着手指计算）不，还是来谈谈八十年前的事吧。

老太婆　八十年前……我才二十岁。正好就是那个时候，参谋本部的深草少将来我这里拜访。

诗　人　好，那我就当那个什么少将好啦。

老太婆　说什么胡话，人家比你强一百倍……对啦，当时我
　　　　对他说，如果能和我连续一百天相见，我就让他的
　　　　思念成真。到了第一百天的晚上，鹿鸣馆^①有舞会，
　　　　因为里面太吵、太热，我就在庭院的长椅上休息。

　　　　［华尔兹舞曲的音乐徐徐提高音量。舞台后部的黑色
　　　　幕布拉开，朦胧地现出鹿鸣馆面向庭院一面的背景。
　　　　这幅背景可以画得像过去的照相馆里用作相片背景
　　　　的图画一样。］

老太婆　你看，当时最卓越的恶俗之辈往这边来了。

诗　人　（向舞台右侧眺望）他们也叫恶俗？不都是些人
　　　　杰嘛。

老太婆　是啊。来吧，不要落在他们后面，来跳华尔兹吧。

诗　人　跟你跳华尔兹？

老太婆　别忘了，你现在可是深草少将啊。

　　　　［在二人跳华尔兹的同时，穿着鹿鸣馆时代服装的年
　　　　轻男女跳着华尔兹登场。华尔兹舞曲结束。所有人
　　　　都围到老太婆身边。］

女士A　小町小姐，你今天晚上也好漂亮啊。

女士B　真是羡慕死你啦。你这件衣服，是在哪儿定做的
　　　　呀？（拈起老太婆肮脏的衣服）

_____

① 鹿鸣馆，建于 1883 年，系日本政府接待外宾的社交场所。在其极盛期，
即所谓“鹿鸣馆时代”（1883—1887），此地时常举行奢华的西式舞会，以至
于成了当时日本政府推行的激进西化政策的一种象征。

老太婆　这是把尺寸告诉巴黎那边，然后在那边缝制的。

女士A、B　哇哦。

女士C　果然，非得这样不可啦。要是给日本裁缝来做，就肯定会在什么地方透出土气啦。

男士A　要穿就穿进口货啦。

男士B　我们男士的服装也是一样啦。首先呢，总理的 Frock Coat①，那是在伦敦缝制的。说到 Gentleman 的仪容，一切当然都是英国最正宗啦。

　　　　〔三位女士围着老太婆和诗人谈笑。三位男士坐在最靠边的长椅上谈论。〕

男士C　小町她是那么漂亮啊。

男士A　被月光一照，就算是丑八怪也会显得漂亮的。

男士B　小町可不是那样。就算在太阳底下看，她依然是个美女。而在月光下看，就简直是天女啦。

男士A　她不会轻易在男人的攻势下屈服，所以才有了那种流言蜚语啊②。

男士B　（说着英语，逐一翻译）据说她还是 Virgin，也就是处女啦，这可以算是 Scandal，也就是一种丑闻啦。

男士C　真没想到深草少将会痴情到那种地步啊。看看他那

———————————

① 双排扣男士礼服，明治至大正时代的日本政治家常以之为正装。

② 日本民间传说，小野小町虽然追求者甚多，却对男性毫无兴趣，也从不发生性关系，从而有谣言称小町没有女性的性器官，以至于没有针孔的大头针因此被称为"小町针"。

　　　　　张被相思病闹得憔悴不堪的脸，就像是三天没吃饭
　　　　　似的。

男士A　把军务抛在脑后，变得文弱不堪，也难怪参谋本部
　　　　　的同僚会对他嗤之以鼻啦。

男士C　咱们这些人里，谁有自信能把小町小姐搞到手？没
　　　　　有吧。

男士B　我这个人只有 Ambition，也就是野心啦。

男士A　如果是腌沙丁鱼的 Ambition，我的腰间也插着呢①。

男士C　我亦是也，哇哈哈哈哈。（豪迈地大笑）不过呢，这
　　　　　个叫 Band 的东西呀，每次吃饭前后都不得不整理
　　　　　一遍啦。（说着，把裤子上的皮带放松一个扣眼。A
　　　　　和 B 也学他放松一个扣眼。）

　　　　　［两位侍者捧着银盘登场，一个银盘上放满鸡尾酒
　　　　　杯，另一个放满菜肴。人们去取酒菜。诗人茫然地
　　　　　直盯着老太婆。三位女士各自拿着酒杯，坐在与男
　　　　　士相反的另一端最靠边的长椅上。］

老太婆　（声音十分年轻）能听到喷泉的响声，却看不到喷
　　　　　泉。哎呀，这么听起来，就好像有一阵雨点从那边
　　　　　经过一样。

男士A　你的声音是多么动听啊，就像那喷泉悦耳的响声。

女士A　你听到她的自言自语之后，就开始现学现卖地说起

---

① 腌沙丁鱼（赤鯷）由于狭长且通体赤红，从江户时代开始便被作为"生
锈的佩刀"的隐语，一般用于嘲笑武士声色犬马、荒废锻炼。不过，这句台
词真正的意思是个低俗笑话。

甜言蜜语来了啊。

老太婆　（回望背景）……他们正在跳舞。窗户里有影子在跃动。那些跳舞的影子，让窗户忽暗忽明，但却安静得奇怪，就像是火焰的影子。

男士B　多么妩媚的声音啊，仿佛能沁入人的心脾。

女士B　听到她的声音，就算我是女人，心里也腾起了一种奇妙的感觉。

老太婆　……哎呀，铃声响起来了。马车和马蹄的声音……是哪家的马车呀。今天，皇家的人还没有来，那不是皇族马车的铃声……啊呀，这庭院里树木的芬芳，昏暗着，沉淀着甜美的芬芳……

男士C　跟小町相比，其他的女人全都是些雌性动物啊。

女士C　不好，她手提包的颜色，跟我的是一样的啦。

　　　　　〔华尔兹舞曲隐约地响起。所有人把酒杯放回侍者的银盘，开始跳舞。只有老太婆和诗人还和刚才一样。〕

诗　人　（在似梦非梦之间）真是不可思议呀……

老太婆　什么不可思议？

诗　人　不知怎么的，我……

老太婆　来，说吧。我已经知道你要说什么了。

诗　人　（鼓起勇气）你怎么这么……

老太婆　美丽？你是想这么说吧？那可不行。如果你这么说了的话，会没命的。

诗　人　可是……

老太婆　如果你爱惜生命，就请不要说了。

诗　人　真是不可思议呀，这就是所谓的奇迹吧？

老太婆　（笑）这个世界上岂会有奇迹呢。奇迹……首先，
　　　　它实在是恶俗啊。

诗　人　可是，你的皱纹……

老太婆　哎呀，难道我的脸上有皱纹吗？

诗　人　不，一丝皱纹也没有。

老太婆　当然啦。如果是满脸皱纹的女人，怎么会有男人愿
　　　　意连续百夜与她相会呢……来吧，为了把那些奇怪
　　　　的念头赶出脑海，跳舞吧，跳舞吧。
　　　　〔两人开始跳舞。侍者们退场。在这期间，又有一对
　　　　男女跳着舞登场，加入之前的三对男女。这四对人
　　　　坐在两侧的四张长椅上，窃窃私语着恋爱之情。〕

老太婆　（跳着舞）你累了吗？

诗　人　（跳着舞）没有。

老太婆　（跳着舞）你的脸色很差呀。

诗　人　（跳着舞）天生的。

老太婆　（跳着舞）真让人惊讶。

诗　人　（跳着舞）……今天就是第一百天了。

老太婆　（跳着舞）是啊，可是……

诗　人　（跳着舞）嗯？

老太婆　（跳着舞）你怎么这么愁眉苦脸的？
　　　　〔诗人突然停住舞步。〕

老太婆　怎么啦？

诗　人　　没事，只是稍微有点头晕。

老太婆　　要到屋里去吗？

诗　人　　在这里就好。里面实在是太吵了。

　　　　　　[二人手挽着手伫立，环顾四周。]

老太婆　　音乐停下来了。到中间休息的时候了……这里好安
　　　　　　静啊。

诗　人　　真的是很安静。

老太婆　　你现在在想什么呢？

诗　人　　这个呀，我产生了一个奇怪的念头。就算我现在和
　　　　　　你分别，一百年……是啊，大概在不到一百年之
　　　　　　内，就会在什么地方再度相见。我有这样的感觉。

老太婆　　在哪里相见呀，多半是在坟墓里相见吧。

诗　人　　不，刚才有什么东西从我的脑海中一闪而过。请稍
　　　　　　等一下。（闭上眼睛，然后睁开）同一个地方。就
　　　　　　在和这里毫厘不差的同一个地方①，我会再度与你
　　　　　　相逢。

老太婆　　宽广的庭院、煤气灯、长椅、恋人们……

诗　人　　一切都一模一样。到那时，不知我，还有你，会变
　　　　　　成怎样的形象。

老太婆　　我是不可能年老的。

诗　人　　不会年老的，也许是我。

老太婆　　八十年之后……这里大概会变得极度繁华吧。

---

① 这里暗示，作为本剧舞台的公园是东京的日比谷公园。鹿鸣馆于 1940 年
被拆除，其旧址和日比谷公园仅一街之隔。

诗　人　可是，会改变的只有人类，不是吗？即使再过八十年，菊花也依然是菊花。

老太婆　到那个时候，在东京，说不定已经没有这样安静的庭院了。

诗　人　不管哪一座庭院，最后不是都会变得萧疏、荒废吗？

老太婆　那样的话，鸟儿就可以高兴地在其中栖息了。

诗　人　月光会洒落在庭院之中……

老太婆　爬上树梢，举目眺望，可以看到城市的灯火，简直就像世界上所有城市的灯火都聚集在这里一样。

诗　人　百年后，再度相逢的时候，我们会怎么打招呼呢？

老太婆　大概会说一句"好久不见"吧。

　　　　［二人坐在中央的长椅上。］

诗　人　你会遵守约定吧？

老太婆　约定？

诗　人　就是第一百天的约定。

老太婆　那个呀，毕竟都说到那份上了。

诗　人　那么，在今夜，我的愿望就能实现了吧？现在我有一种奇异的、寂寞的、畏怯的心情。得到了一直向往的东西之后，正是会有这种心情。

老太婆　对男人来说，最可怕的，也许正是这种心情。

诗　人　愿望实现了……在这之后，我总有一天会对你厌烦。如果我连你这样的人都厌烦的话，来世该是多么可怕呀。不仅如此，一直到我死去为止，那漫

长的岁月该是多么可怕呀。大概会无聊得难以言
表吧。

老太婆　那你就不要让愿望实现。

诗　人　那不可能。

老太婆　硬说这种勾起愁肠的话，没有意思。

诗　人　这和哀愁完全相反，是喜悦啊。是仿佛飞升上天一
样的心情。因此，我才奇妙地感到忧郁。

老太婆　你实在是太多虑啦。

诗　人　就算我厌烦了你，你也能泰然自若吗？

老太婆　是啊，我不会感到忧愁，到那时，我再让别的男人
来访问百夜就行了。一点也不会无聊。

诗　人　我现在当场死去也可以。在人的一生中，这样的时
刻不会有几次的。如果说我遇上了一次，那就是在
今晚了。

老太婆　你别说这种没意思的话。

诗　人　不，就是在今晚了。如果我像跟其他女人在一起那
样，糊里糊涂地度过今晚……啊，光想一想我就浑
身发毛。

老太婆　人类不是为了去死才活着的。

诗　人　那种事，谁也不知道。也许，人类正是为了活着才
去死的……

老太婆　哎呀，恶俗！真恶俗！

诗　人　请救救我。我该怎么办才好？

老太婆　向前走……也只有向前走了。

诗　人　请听我说！再过几个小时，不，几分钟，那个仿佛
　　　　不可能存在于这个世界的瞬间就要到来了。那时，
　　　　太阳会在深夜中煌煌闪耀。巨大的帆船会兜满风
　　　　帆，在城市的中央浮上。不知为什么，小时候的我
　　　　总会做那样的梦：大帆船航进庭院，庭院中的树木
　　　　发出大海一般的喧嚣，小鸟停满了帆船的帆桁……
　　　　我在梦中这样想着，感受着喜悦，现在，就连心脏
　　　　的跳动，都仿佛要停止了……

老太婆　哎呀，你喝醉了。

诗　人　你不相信我吗？就在今晚，再过几分钟，那不可能
　　　　发生的……

老太婆　没有什么事是不可能发生的。

诗　人　（死死地盯着老太婆的脸，仿佛激起了回忆）可是，
　　　　真奇怪呀，你的脸……

老太婆　（旁白）他要是说出那句话，可就没命啦。（试图让
　　　　他不要说出）有什么可奇怪的？我的脸？你看看，
　　　　我的脸不是非常丑吗？不是长满了皱纹吗？来，你
　　　　睁大眼睛好好地看看。

诗　人　皱纹？哪里有皱纹？

老太婆　（掀起衣服展示）你看，都破破烂烂的了。（把衣服
　　　　凑近诗人的鼻子）很臭吧？你看，还有虱子呢。你
　　　　看看我的手，都抖成这个样子了。皱纹多得简直把
　　　　手都埋住了。指甲也很长。请你看看呀！

诗　人　真好闻啊。指甲上涂着秋海棠的颜色。

老太婆　（拉开衣服）来，你看，这胸口沾满了污垢，都变
　　　　成褐色了。女人胸前该有的东西一点都没有。（焦
　　　　躁地抓过诗人的手，放在自己的胸前摸索）你摸摸
　　　　看啊！你摸摸看啊！哪里有什么乳房啊！

诗　人　（恍惚地）啊，这酥胸……

老太婆　我已经九十九岁啦。你清醒清醒，仔细地看着我。

诗　人　（一时间好像变成了痴呆，凝视着老太婆，然后）
　　　　啊，我终于想起来了。

老太婆　（面露喜色）你想起来了？

诗　人　嗯……是啊，你曾经是个九十九岁的老太太。皱纹
　　　　曾经多得可怕，眼角曾经堆满眼屎，衣服曾经散发
　　　　出酱油烧菜一般的酸味。

老太婆　（用脚踩地，踏出声音）"曾经"？现在也是啊，你
　　　　不明白吗？①

诗　人　那可……真是不可思议。你生着二十多岁的清澈双
　　　　眼，穿着散发清香的漂亮衣裳……你真是不可思议
　　　　呀！竟然返老还童了。为什么你会这样……

老太婆　啊，不要说。如果你说我美丽，你会死的。

诗　人　我觉得什么美丽，我就会说它美丽。哪怕这会为我
　　　　带来死亡。

老太婆　无聊至极。不要说。那样的一瞬间，到底算什么呀？

诗　人　那，我要说啦。

---

① 根据三岛的《卒塔婆小町演出笔记》(『卒塔婆小町演出覚書』，1953)，
这里是在呼应前面的台词"不是'曾经'，我现在也是美女"。

老太婆　不要说，求你了。

诗　人　现在，那个瞬间终于来到了。九十九夜、九十九年，我们这么长久地等待了那个瞬间。

老太婆　啊，你的眼睛看起来闪闪发亮。不要说，不要说。

诗　人　我要说……小町，（握起小町的手，颤抖着）你真美丽。在这个世界上，就数你最美丽。就算再过一万年，你的美貌也不会衰退。

老太婆　说出这话，你不后悔吗？

诗　人　不后悔。

老太婆　啊，你真是个傻瓜，现在你的眉宇之间已经现出死相了。

诗　人　我也不想死啊。

老太婆　我明明都那么拼命地阻止你了……

诗　人　我的手脚变得冰凉了……我一定还会再见到你，再过一百年，在同一个地方……

老太婆　再来一百年！

　　　　［诗人气绝身亡。黑色幕布落下。老太婆坐在长椅上，低着头。过了一会，她开始无聊地捡拾周围的烟蒂。她进行这一举动的前后，巡警登场，在周围巡视。他发现尸体，蹲下身去。］

巡　警　又喝多啦？真是能麻烦人，喂，起来。你太太还没睡，在等着你哪。赶紧回家睡觉去……啊，这家伙已经死了……喂，老太太，这家伙是什么时候倒在这儿的？

老太婆　（只是稍微抬起脸）不知道，好像已经挺长时间了。

巡　警　他的身体还温着哩。

老太婆　那就是刚刚咽气的呗。

巡　警　不用你说我也知道。我是问你，他是什么时候来这儿的。

老太婆　大概三四十分钟前吧。他喝得醉醺醺的，想调戏我。

巡　警　调戏你？别逗了。

老太婆　（生气）有什么可笑的？常有的事嘛。

巡　警　那，你就实行了正当防卫？

老太婆　不，他太烦了，我没理他。然后，他就一个人咕咕哝哝地念叨着什么，念着念着，就倒在地上，像是睡着了。

巡　警　哼。——喂，不能在那儿烧篝火！（向舞台左侧喊去）找你们有事，你们几个过来。（两名流浪汉登场）来，帮把手，把这个路倒搬到局子里去。

　　　　　[三人搬着尸体退场。]

老太婆　（再次细心地把烟蒂摆好）二、四、六、八、十……二——四——六——六——八——十，嗯……二、四——六、八、十……二、四、六、八、十。①

　　　　　——幕落——

---

① 需要注意，这里和本剧开始时一样，把"ちゅうちゅうたこかいな"重复了四遍，但是节奏有了很大的变化。

葵　上

登场人物

六条康子

若林光

葵

护士

　　　　　深夜，医院里的一间病房。舞台左侧有大窗。窗帘拉着。葵躺在舞台深处的病床上。舞台的右侧是门。

光　　（拎着旅行包，没脱雨衣，被护士领了进来。他是一位美貌的青年。压低声音说道）她睡得还好吧？

护　士　是，睡得很好。

光　　正常说话会把她吵醒吗？

护　士　没关系，服过药了，您的声音稍微大一点也没问题。

光　　（认真地俯视睡着的葵）睡得真安稳啊。

护　士　目前睡得十分安稳。

光　　目前？

护　士　是的，到了半夜……

光　会难受？

护　士　会极度难受。

光　唔。(俯身看向枕边的患者资料卡)若林葵。十二日晚九时入院啊……这里有能让我睡觉的地方吗？

护　士　(指向舞台右侧里面)请去隔壁房间。

光　被褥都有吗？

护　士　都有。您现在就要就寝吗？

光　不，再待一会吧。(坐到椅子上，点起烟)……毕竟是在出差途中接到她发病的消息的。说什么"不是很严重，只是住院了"，都住院了还叫"不是很严重"？是吧？

护　士　您夫人的病经常像这样发作吗？

光　不是第一次了。可我正在出差办重要的业务，今天早上总算办完了，就急急忙忙地赶了回来。出差在外，担心又深了一层。

护　士　是这样啊。

[桌上的电话铃铃地响了起来。]

光　(接电话，听着听筒)什么声音都没有啊。

护　士　一到这时间，电话就总是响。

光　也许是出故障了。不过，病房里要电话干什么呢？

护　士　我们医院的所有病房都有电话。

光　这对病人有用吗？

护　士　患者会找我们。因为护士的人手不够，当病人有急事的时候，就可以通过内线电话呼叫我们。如果想看书，也可以自己给书店打电话。可以打外线。外线的接线员一天倒三班，二十四小时都在值班。不过，我们是不会给需要绝对静养的患者转接电话的。

光　　内人不算在绝对静养吗？

护　士　这个嘛，患者入睡之后，总是动得很厉害：有时举手，有时嘟囔，有时身体左右扭动。所以很难说是在"绝对静养"。

光　　（生气）你们医院……

护　士　本医院对患者的梦境恕不负责。

[停顿。护士有些坐立不定。]

光　　你怎么坐立不安的？

护　士　才不是因为感受到了您的魅力呢。

光　　（无可奈何地干笑一下）你们医院越来越显得奇怪了。

护　士　您真是位美男子，就像光源氏似的。但我们医院对护士的训练非常严格，我们全都接受过精神分析疗法。这样一来，大家就全都从性的压抑中解放出来了。（举起手）各位！如果有需求，随时都可以得到满足，无论是院长，还是年轻的医生，都懂得这一点。有需求的时候，医生会随时开药的——开"性交"这剂药。大家互相之间再也不用争吵啦！

光　　（赞叹地）嘿……

护　士　所以，其实连分析都不用分析，我们全都明白，您夫人做的各种梦统统来自性的压抑。您完全不用担心，只要分析一下，然后让她解脱出来就行了。既然找到了线索，就可以进行睡眠疗法 ① 了。

光　那，内人现在接受的就是睡眠疗法……

护　士　是的。（依然坐立不定）但我——虽然这么说对患者很失礼——不管是对患者的亲属，还是对来探病的客人，我都一点也无法理解。不是吗？他们全都是被利比多攫住的亡灵。就连那位每天晚上都来探病的奇怪客人也……

光　每天晚上？到这儿来？探病？

护　士　哎呀，不小心说走嘴啦。从您夫人住院开始，那位客人就每天晚上都来。那位客人还说，不到这么晚的时间，身体就空不出来，让我保守秘密来着。但……

光　那家伙是男的吗？

护　士　请您放心，是位中年的妇人。长得十分漂亮……她差不多该来了。我每次都在她来的时候回去睡觉。因为，不知道为什么，在她身边的话，就会变得特别郁闷。

光　是怎样的女人？

护　士　她是一位奢靡的太太。感觉像是大资产阶级家的贵妇；不过，越是资产阶级的家庭，性的压抑就越发强烈……总之，她快来了。（走到舞台左侧，拉开窗

---

① 睡眠疗法是一种治疗精神疾病的疗法。这里暗示，此处不是普通的医院，而是精神病院。

帘）……请看啊，还亮着灯的住家几乎已经没有了，只有路灯鲜明地、笔直地排列成两行。现在是爱的时刻。他们互相爱恋、互相战斗、互相憎恨。白天的战斗平息之后，夜晚的战斗又再度开启。那是更加鲜血横流、更加忘我的战斗。告知开战的夜之喇叭已经吹响，女人流血、死去，然后再度复活。事情总是这样，在活着之前，必须要先死一次才行。战斗着的人，无论男女，都在他们的武器上装饰着葬礼的黑纱。他们的旗帜是纯白的，但旗上却揉满了褶子，布满了皱纹，有时还会被鲜血染红。鼓手开始敲鼓，敲的是"心脏"这面鼓。敲的是名誉与侮辱的鼓。即将死亡的人们，为什么会有那么平和的呼吸？他们为什么把自己的伤，把那开着口的致命伤，像荣耀似的展示给人看，就这样死去？有个男人俯卧在泥泞之中，正在咽气。"耻辱"就是那些人的勋章。请看吧，您当然是看不见灯光的；在对面排排耸立的，不是住家，而是墓碑。而且，月光决不会把那花岗岩的表面照得粼粼闪亮，因为那都是些肮脏的、已经腐朽殆尽的坟墓。

　　……与此相比，我们简直就是天使。我们超然于爱的世界、爱的时刻之外，只是偶尔在床上引发一些化学反应而已。在这个世界上，无论有多少家我们这样的医院，也是不够的——这是院长经常说的话。

　　　……啊呀，来啦，来啦。是一如往常的那辆车啊。银色的大轿车。它总是像飞一样地驶来，在医院门口戛然而止。请看啊。（光走到窗边）它正在立交桥上驶着。每次都会从那边转过来。然后，看，再从那边绕过去……一眨眼的工夫，就到了医院门口。车门开了。我先退下了，祝您晚安。

[护士慌忙穿过舞台右侧的门，退场。停顿。电话铃铃地，一连串轻响不停。停顿。六条康子的怨灵①穿过舞台右侧的门登场。她穿着奢华的和服，戴着黑手套。]

光　　哦呀，六条女士。

六　条　……光，有些日子没见了。

光　　护士说什么"半夜来探病的客人"，原来是你啊。

六　条　谁说的？

光　　……

六　条　是那个护士吧。真多嘴……我不是来探望她的，只是听说你在出差，就每天晚上替你送束花过来而已。

光　　送束花？

六　条　（举起一只戴着手套的手）你看，我什么都没拿吧？

---

① 怨灵，原文为"生灵"，特指人活着时出窍的灵体，与死后出现的鬼魂"死灵"相对，生灵和死灵都可以是怨灵。生灵能够脱离身体自由行动，同时该人自身并不知情。在本剧、作为本剧原作的能剧，乃至《源氏物语》中，在此作祟的都是六条的生灵。

我送的花束，是眼睛看不见的花束，是痛苦的花
束。这花束，（做出把花插在枕边的样子）像这样插
在枕边，花蕾就会开出灰色的花瓣，在它的叶片底
下，也会生出无数可怕的荆棘。花朵会放出恶心的
气味，这气味会将整个房间充满。这样的话，请看
吧，病人的脸，一直都很平稳的这张脸，脸颊就会
战栗起来，表情也满溢着恐怖。（用戴着手套的手遮
在病人的脸上）表情会变得极其可怕，那是因为葵
小姐做了梦。在梦里，她照着镜子，发现自己一直
都以为很美的脸变成了皱纹满面。就这样，我用这
只手温柔地抚摸她的咽喉，（用手抚摸病人的咽喉）
葵小姐就会做上吊的梦。她的脸庞充血，气息截
断，手脚痛苦地不断挣扎……

光　　　（急忙挡开康子的手）你在对葵做什么？！

六　条　（直起腰来，远远地，温柔地）我在让她痛苦。

光　　　不好意思，葵是我内人，请不要做多余的事。请回
　　　　去吧。

六　条　（越发温柔）我不回去。

光　　　你……

六　条　（靠近过来，温柔地拉住光的手）我今晚来，就是为
　　　　了见你的。

光　　　（甩开她的手）你的手冰冷冰冷的。

六　条　那当然啦，因为是血液流不过来的手嘛。

光　　　这手套……

六　条　你不喜欢这手套的话，我脱了它便是。这很简单。（一边走，一边漫不经心地褪下手套，放在电话旁）……我有事情一定要办，那是无比重要、必须做成的事情。所以，我才在这样的半夜，不辞辛苦，像这样驱车来往。半夜……（看了看手表）已经过一点了。夜里和白天不同，身体是自由的。无论人还是物，所有的一切都睡着了。这墙壁、衣橱、窗户玻璃、门，全部都睡着了。因为睡着了，所有的一切都充满了漏洞。不费什么事，就能从这些漏洞里穿过去。当我穿过墙的时候，墙根本就毫无察觉。你觉得夜晚是什么？夜晚就是大家友好相处的时候。白天，阳光和阴影在战斗，但到了晚上，屋里的夜晚就会和屋外的夜晚握手言欢，因为它们都是同样的东西。夜晚的空气也是同谋；憎恨和爱恋、痛苦和喜悦，一切都在夜晚的空气中手拉着手。对于杀了人的人来说，在黑暗里，也该对自己杀了的女人感到亲切才是的。（笑）怎么啦，怎么直愣愣地看着我？难道是因为我变成了老太婆，吓着你了？

**　　光**　你不是已经发誓，再也不会跟我见面了吗？

六　条　那个时候，你好像对我发的那个誓非常高兴。然后你就跟葵小姐结婚了。（可怖地回头，看向葵的睡脸）跟这种弱不禁风的、病歪歪的女人结婚了！（茫然）从那以来，我每天晚上都睡不着觉。虽然在睡，但其实睡不着。从那以来，我没有睡着过一次。

光　你是想让我怜悯你，所以才到这儿来的吗？

六　条　谁知道呢。我是为什么来的，连我自己也不知道。我在想杀了你的时候，又想从死了的你那里得到怜悯。在各种各样的感情里，同时都有我；在各种各样的存在里，同时都有我。这也没什么可奇怪的吧？

光　我不明白你在说什么。

六　条　（把脸凑过来）亲我。

光　别这样。

六　条　你那漂亮的眉毛，你那清澈得可怕的眼睛，你那冰冷的鼻子，你那……

光　别这样。

六　条　你那嘴唇。（像风一样与他接吻）

光　（一下向后跳开）我都说别这样了！

六　条　第一次跟你接吻的时候，你也像这样，像一只小鹿似的逃开了。

光　没错。我当时根本就不爱你，只是像小孩子似的感到好奇而已。而你利用了我的好奇心。利用男人好奇心的女人会受到怎样的惩罚，你现在已经知道了吧。

六　条　你一点都不爱我。你只是在研究我而已。至少你是这么以为的。真可爱！你就这么以为下去吧。

光　我已经不是孩子了，是一家之主。你不觉得羞耻
　　吗？在你旁边躺着的，就是我的太太啊。

六　条　我到这里来，是有事要办。没什么可羞耻的。

光　你要办什么事？

六　条　我要从你这里得到爱。

光　你还正常吗？啊？六条夫人？

六　条　我叫康子。

光　我没有叫你名字的义务。

六　条　（突然跪下，抱紧站着的光的膝盖，用脸颊蹭上去）
　　求你了，别这么冷淡嘛。

光　我第一次看到你把高傲抛弃到这个程度。（旁白）
　　真奇怪呀，根本没有被人抱住的感觉，但腿却动
　　不了。

六　条　我从一开始就没有高傲过。

光　你要是早点告诉我就好了。那样的话，事情也许还
　　会有一点转机。

六　条　是你不好，你没有注意到啊。你就没发现，我的眼
　　睛里早就失去了高傲吗？当女人说话盛气凌人的时
　　候，也是她的高傲失去得最多的时候。女人会憧憬
　　成为女王，是因为女王拥有最多的、可以用来失去
　　的高傲。……啊，这膝盖。你的膝盖简直是冰冷而
　　坚硬的枕头。

光　康子……

六　条　如果是这个枕头的话，我就可以睡着了。冰冷而坚

硬的、绝不会变热的枕头……我用的枕头，只要把脑袋一放上去，就很快变热了。于是，我就会让脑袋从枕头变热的地方逃到冰冷的地方，这样一直辗转到天亮。就算是能赤脚走在沙漠的热沙上的人，也是没有办法走在我的枕头上的。

光　　（温和了几分）请冷静冷静。我是个拿怜悯的心情没辙的男人。

六　条　我明白！你会和葵小姐结婚，也是因为怜悯吧？

光　　（把康子甩开）请不要这样自以为是。（坐在椅子上。康子跪行到他的脚边，像猫一样用脸颊蹭他的膝盖）

六　条　求求你不要抛弃我。

光　　（抽烟，吐出一口烟雾）你明明早就被抛弃了。

六　条　你还是爱着我的。

光　　你是为了说这句话才到这儿来的吗？（嘲弄地）不是为了让葵痛苦才来的吗？

六　条　（无精打采地）我是为了一箭双雕啊。给我根烟。

　　　［光给她一支烟。但康子突然抢过光嘴里的那支烟，自己吸起来。光没有办法，只好叼住准备给康子的那支，点燃。］

光　　我那时过得特别不稳定，总是到处闲晃。因此我想要一条锁链把我锁住，要一个牢笼把我关起来。你就是那牢笼。然后，当我再次想要自由的时候，你依然是牢笼，依然是锁链。

六　条　在我这个牢笼里面，被我这条锁链锁着，想要自由

的你，看到你的眼睛，我简直快活得不得了。那个
时候，我才开始真心喜欢上了你。那时是秋天。刚
入秋的时候，我招待你到我的别墅里去。我是用游
艇去接你的，一直迎到车站旁边的游艇码头……那
是个晴天，桅杆温柔地、咯吱咯吱地说着话。那
游艇……

光　游艇的帆……

六　条　（突然敏锐起来）我说，跟我有共同回忆这件事，
你讨厌吗？

光　不是共同的回忆，虽然我们两个当时在一起。

六　条　但是，我们两个当时在同一艘游艇上。帆就在我们
的头顶哗哗作响。但愿那帆会再来到这里！会再升
在我们的头顶！

光　（直直地望向窗户）会从那里来吗？

六　条　来啦！

　　　　〔不可思议的音乐响起。庞大的游艇从舞台左侧滑
　　　　出。游艇像天鹅一样悠然地前进，停在两人与病床
　　　　之间，正好像一面帷幕一样遮住了病床。两人做出
　　　　登上游艇的动作。〕

六　条　我们到湖面上了。

光　真是舒畅的风啊。

六　条　你是第一次到我的别墅来吧？就在那座山脚下的湖
边。渐渐地能看到屋顶啦，那树林的背后就是。屋
顶是青瓷色的，等到夜里，别墅周围会有狐狸徘

徊，还能听见狐狸的叫声从后山传来。你听过狐狸

的叫声吗？

光　　没有。

六　条　今晚你就能听见了。然后，还能听见鸡被狐狸咬断

喉咙时的叫声呢。

光　　我不想听那种声音。

六　条　你一定、一定会喜欢我家的庭院的。在草坪旁边，

春天会长出芹草，整个庭院充满了令人心旷神怡的

芳香。到了梅雨时节，整个草坪会变成水洼，庭院

也自然消失不见。当水悄悄地从草坪的草叶间漫上

来的时候，能看到绣球花被水淹没的样子。你见过

被水淹没的绣球花吗？然后，现在到了秋天，在庭

院里的芦苇之间，会有许多蜻蜓穿梭；蜻蜓会在湖

面上，像坐着冰橇那样，滑行着飞舞而过。

光　　那就是你的屋子吧？

六　条　对，就是那青瓷色的屋顶。到了黄昏，要是夕阳照

得好的话，在更远的地方都能看得一清二楚。屋顶

和窗户都会粼粼地闪亮，远远地望去，那光就像灯

塔一般，告诉人们，这里有一座屋邸。（停顿——）

怎么啦？什么话也不说。

光　　（温柔地）没有说什么话的必要。

六　条　啊，你像这样说话，对我来说就是药，是抹在伤口

上就能立即痊愈的药，是无匹的良药。可是……你

很懂这种方式。你会先抹药，然后再割伤我，而决

不会反过来。先是药，然后是伤，这样再割伤我之后，你是不会再涂药的……不，我明白，我已经是老太婆了，只要受过一次伤，就不会像年轻女人那样迅速地恢复过来了。你每次温柔地对我说话，我都会为你的可怕而颤抖——因为我不知道，在这样的良药之后，会跟着怎样残忍的伤口？这个时候，我会觉得，宁可你不要这样温柔地对我说话才好。

光　你好像很肯定，自己总有一天会面临痛苦。

六条　就像白天过后，夜晚一定会降临那样，总有一天，痛苦是一定会到来的。

光　我根本没有让人痛苦的能力。我完全不相信自己有这种能力。

六条　这是因为你年轻。哪怕是你早晨起来，若无其事地牵着狗去散步，就那么一会儿，都会使几十个女人在你看不见的地方痛苦。你明白吗？单单是你活着这件事本身，就是无数女人痛苦的种子。就算你连一眼都不看她们，那些女人可是不管怎么转开视线，眼前都能浮现出你的样子的——就好像无论在城下町的哪个地方，都能看见高高耸立的城堡一样。

光　别再说这种话了。

六条　是呀，只要还能说这种话，我们依然是幸福的呀。

光　渐渐地能看清你的别墅了。二层的窗棂和露台的木栏杆都能看见。一个人也没有。

六　条　　对，那里一个人也没有。我会在那里和你一直住到死的。

光　　说什么死，太不吉利了。要是明天出个什么事，我们搞不好就死了。比如，这艘游艇翻了……

六　条　　游艇翻了！为了你，我怎么没有买一艘马上就会翻的游艇呢？我真笨呀！

光　　（摇桅杆）哦，要翻喽。

［六条抱住光。二人相拥。］

葵的声音　　（从远方微微地传来）救命啊！救命啊！

［在这声音响起的同时，帆面上映出葵在病床上伸出手痛苦挣扎的影子。］

光　　刚才是不是从哪里传来了声音？

六　条　　不，一定是狐狸的叫声。狐狸的叫声，是会掠过白天寂静的湖面，从那么遥远的山里传来的。

光　　唔……已经听不见了。

六　条　　我说呀，你有没有想过，要是你身边的女人突然不是我了，会怎么样？

光　　没有，没特别想过。

六　条　　为什么这个世界上会有左右之分，一个东西非得分成左右呢？我现在在你的右边，这样一来，你的心脏就离我远了。如果我转到你的左边，这样一来，又看不到你右边的侧脸了。

光　　如果要解决这个问题，除非我变成气体蒸发掉。

六　条　　是啊。当我在你右边的时候，就会嫉妒你的左边。

　　　　　我总觉得，一定会有一个人去坐在那里的。

光　　（从船边伸出手去，做出在湖中拨水的样子）坐在我
　　　　左边的，可是湖水啊。手弄凉了……看。（把弄湿
　　　　的手给康子看）冰冷冰冷的。明明才刚入秋而已。

　　　　［从帆的另一边传来呻吟声。］

光　　哦呀？

六　条　咦？

光　　听不见了。刚才好像有人在呻吟……

六　条　（侧耳听去）不，那是桅杆在响。

光　　风向变了啊。（操纵帆。帆不动也可以）……我能清
　　　　楚地看到，湖畔的芦苇在风中摇荡。湖面也痉挛起
　　　　来了，肯定是被风刮的。

六　条　喂……我呀，要是你和一个比我年轻得多、漂亮得
　　　　多的女人结婚的话，我就……

光　　你就……

六　条　我是不会去死的。

光　　（笑）那就好。

六　条　我不会去死，但我会去杀死那个女人。我的魂灵会
　　　　从我的活生生的身体里离开，去让那个女人痛苦：
　　　　去折磨她，去责打她，去祸害她。只要她不死，我
　　　　的怨灵是不会住手的。而那个人会很可怜地，每晚
　　　　每晚，一直被鬼怪作祟而死的。

葵的声音　　（微微地、远远地）救命啊！救命啊！

光　　又听到了。那是什么声音？

六　条　只是帆被风刮得哗哗作响而已。是风的声音。

　　　　　［帆面上清楚地映出葵伸出手，极度痛苦的影子。］

葵的声音　（非常大）啊呀！啊呀！救命啊！救命啊！

　　光　（惊愕）的确有声音……

六　条　那是鸡被狐狸咬断喉咙时的叫声。这种声音偶尔
　　　　会乘着风，从岸边飘过来。我们已经离岸边相当
　　　　近了。

　　光　是有谁落水了吧？

六　条　怎么会有人落水呢。就算有，也只会是我们落
　　　　水呀。

葵的声音　（清晰地）救命啊！救命啊！

　　光　是葵的声音！

六　条　（笑）不，是鸡的叫声。

　　光　的确是葵的声音。

六　条　啊，不要抛弃我！

　　光　都怪你。是你把葵……

六　条　不，不是我的错！一切都怪你……

葵的声音　呜——唔，呜——唔。

　　光　葵！

六　条　好好地看着我！你爱的人不是葵。一心一意地看着
　　　　我！你爱的人是我。是我。

　　光　（摇头）不是。

　　　　［二人默默地对峙。不可思议的音乐响起。康子一转
　　　　身，向帆的后面走去。光拉住她。康子甩开他，走

到帆的后面。光追在她身后。舞台变得一片黑暗。在不可思议的音乐中，游艇徐徐航向舞台右侧。游艇消失后，舞台重新亮起。看不到康子的身影，只有光一个人茫然地站着。]

光　（突然如梦初醒般地拿起桌上电话的听筒）喂喂……喂喂……对，请接外线。外线……是外线吗？接中野的999号……喂喂，喂喂……是六条家吗？是六条先生吧？康子在吗？对，您太太……早就睡了？咦？在卧室里？……没关系，请把她叫起来。我？我是若林。若林光。我有急事，请一定把她叫起来。好……

[停顿。光担心地看向病床。葵仰面躺在床上，安静地沉睡着。]

光　喂喂，喂喂……是康子吗？咦？你刚才一直在家？在睡觉？你肯定是康子吧？（旁白）是她的声音没错……这么说来，那个是怨灵啊……对，喂喂，喂喂……

[舞台右侧的门被敲响了。]

六条康子的声音　（听得清楚，从门外传来）光啊，我忘了东西。手套忘在这里了。电话旁边不是有双黑手套吗？把它拿给我。

[光茫然地拿起黑手套，就这么扔着听筒，走向舞台右侧的门，开门，离开。光离开之后，听筒里康子的声音突然变大，使观众都能听清。]

电话里康子的声音　喂喂，喂喂……怎么回事……光，怎
　　　么啦？大半夜的叫我起来，又突然不说话了，有
　　　什么事？怎么不回话啊？……喂喂，光……喂喂，
　　　喂喂……
　　　［在电话里最后一声"喂喂"响起的同时，病床上穿
　　　着纯白病服的葵突然把手伸向电话的方向，发出可
　　　怖的声音，从床上摔下，死去了。舞台突然变得一
　　　片黑暗。］
　　　——幕落——

班　女

登场人物

疯女人——花子
老姑娘——实子
青年——吉雄

实子的画室。秋季，从下午到黄昏。房间一片杂乱，似乎主人正在准备旅行。

实子坐在安乐椅上读着报纸。她放下报纸，焦躁地站起来，又重新坐下，开始读报。

第一场 （实子）

实　子　（独白）没用的，没用的，我这样费尽苦心，却没有一点用处。真想把这张报纸给扯烂……但是，就算把它扯烂，也于事无补，还不如像世间的普通人那样读它，出声读，把它当成一件有趣的事情来读；就像面对与自己无关的事情那样读它，把它读给人听。这里有父亲，他坚信人类的任何不幸都不会发生在自己的家中；这里有母亲，她一心以为，除了自己的丈夫，世界上不存在别的男人。有出息的女儿把它当作饭后的余兴——就像这样——
把它读给父母听。(仿佛自己旁边有人似的)我那身
处故乡、富有资财、宽宏仁爱的父亲母亲呀,你们
这个有出息的女儿,这个年已四十还孤身一人,只
知道以学习绘画的名义管你们要钱的女儿,要给
你们读这篇有趣的报道啦。(读报)"疯癫女性的悲
哀恋情,在井之头线 ① 某站上演的,古意盎然的罗
曼史……在某站,无论晴天还是雨天,都能看到一
位疯癫的美女抱着一把扇子,坐在候车室的长椅
上。每当有男性在这一站下车,她都会端详对方的
面庞,然后失望地坐回长椅。对于记者的询问,该
女子答道:'这是班女的扇子 ②。'之前,她在某处
结识的男人曾经和她交换扇子,作为再度相逢的信
物;现在,这位疯女抱着的,是绘有雪景的男人
的扇子,而那位欺骗了她的男性拿着的,是绘有夕
颜花的这位疯女的扇子 ③。据说,那个男人一直都
没有出现,她却焦急地等待,最后陷入了疯狂。这
位疯女名叫花子,据车站的工作人员说,她住在某
町三十五番地,女性画家本田实子的家中,二人同
居。"……哼,"在本田实子的家中,二人同居",
是吧。我迄今为止的辛劳全都化作泡影啦。我为了

---

① 井之头线,连接东京的涩谷和吉祥寺的一条铁路线路。
② 指班婕妤的《怨歌行》。参见本书最后的"作品解题"。
③ 这两把扇子上的绘画是在呼应本剧的能剧原作。

不让画有花子的画被别人看见，单单不把那些画
到展览会上去，这也变成徒劳啦。如果我把那些画
接二连三地送往展览会，当选自然不在话下，说不
定还会得最高奖呢。正因为我认识花子，所以才尽
是提交那些没有全心全意去画的作品，结果当然总
是落选了。啊，即使做到这一步，我还是不愿意放
开花子。即使如此，（说着，以一种偏执的态度用
剪刀把报纸剪成细小的、雪片般的碎屑）……可是，
命中注定，总有一天会变成这样。我没有办法束缚
花子。如果束缚她，她的生命就会迅速消逝，就像
从卖虫人那里买来供人消遣的，只能在笼中活四五
天的铃虫。已经没有比这更好的办法了。这个抱着
扇子的疯癫的美女，会成为人们的谈资，口口相
传，最后传进那个欺骗了她的，叫作吉雄的男人的
耳朵！（她自己也像疯了一样站起来）是啊，只有
出门旅行这一条路可走了。只好尽快逃离这里，两
人一起，尽可能地销声匿迹，等到世间的议论平息
下来，再回到这个地方。说到底，如果那个男人完
全不可能回来，我也没必要做这么可怕的事了；但
是，他有可能被自己的虚荣心唆使，又回来找她。
今晚就出发旅行吧。除此之外，已经没有别的办法
了。我们两人一起，去一个遥远的地方……如果这
样还被追上的话，（笑）只要去死就好。是啊，只
要这样就好。（说着，又开始整理行装）

第二场 （花子、实子）

实　子　（装出冷静的样子）哎呀，你回来啦。

花　子　（登场。她极其美丽，但却化着浓妆，穿着有点肮脏的盛装。一把打开的大扇子被她抱在胸前，扇面上绘有雪景）让门开着，没问题吧？这样的话，吉雄要是来到这儿，马上就可以进来了。

实　子　嗯，可以呀，现在还可以。但是，接下来，入冬之后的话……

花　子　秋天哪，秋天的扇子哪，秋天的扇子哪，秋天的扇子哪。（说着，哭了起来）

实　子　（抱住她的肩膀）别哭啦，吉雄他总有一天会来接你的。

花　子　今天我也在车站等着，一直等着，一直等着。正是为了等他，我才一直活着的。我看着从电车上下来的人们的脸，所有人都不是他。所有人都长着别人的脸。除了吉雄以外，我无论看谁，看到的都不是活人的脸。全世界的男人的脸，都已经死了；那些脸都是骷髅。拎着手提包、只有头盖骨的人，从车站蜂拥而出。我累了。嗳，实子呀，我今天又等了一天。

实　子　我一次也没有等过别人。

花　子　你这样就好，你不要等任何人就好。但是，在这个世界上，有些人是不能不等待别人的。在我的身体之中，充盈着"等待"这件事情。对夕颜来说，夕暮必将降临；对朝颜^①来说，朝阳必将来到。可我却只有等待，只有松树^②。是啊，在我的身体里，充满了扎人的松针。嗳，所谓的人类，不就是在等待和被等待中活下去的吗？如果把"活着"这件事全部用于等待，会怎么样？（说着，一指自己的身体）这是我的身体吗？我是关不上的窗户吗？我是关不上的门吗？（一指门口）就像那扇门一样……不能入睡，却能一直活下去？我是不会睡觉的人偶吗？

实　子　但是，你真的很美丽。我觉得，世界上不会有人比你更加美丽。所有的人都打开了许许多多的、过多的窗户，觉得这样有利于通风，结果，他们却失去了一切。你正好相反，只拥有一扇窗户，世界上的一切事物，通过这扇窗户，全都进入了你的身体。你是世界上最丰富的人啊。

花　子　（对实子的话充耳不闻）我今天也在木头长椅上坐了一天。那张长椅怎么那么硬啊？我本来是想坐在柔软的草地上等他的。如果他来了，我会立刻站起来，这样的话，他就会一边拍打我的衣服，一边说："哎呀，你身上怎么沾了这么多草籽啊。"

实　子　我喜欢你的裸体。我从未见过像你这样纯洁而丰富的裸体。你的乳房，你的腹部，你的腿……这些都值得你继续等下去。

---

① 朝颜，即牵牛花。
② 日语的松树（まつ）音同等待（待つ）。

花　子　咦？

实　子　正是拜你的等待所赐，你的身体才具备了世界上的一切美丽。某一天早晨，某个地方的女人会失去乳房，而那失去的乳房，就会在你的胸前闪耀光彩——就像散发出非凡香气的、肉的勋章。如果说，男人是靠战斗获取胜利，那你就是靠等待获取胜利。

花　子　（对实子的话充耳不闻）春、夏、秋……夏天和秋天哪个在前面？如果扇子现在就在这里活着，接下来会来的，岂不是夏天吗？（将扇子时而打开，时而合上）这把扇子上的雪景要是能一下子融化，那该多让人高兴啊。（将扇子合上）

实　子　嗳，花子，我们现在出门旅行吧。

花　子　（夸张地用手挡住脸）为什么？为什么？

实　子　让我们去找吉雄吧。今晚就赶紧出发，好吗？即使这么等下去，也无济于事，不如我们走遍整个日本去找他吧。从一个村子到另一个村子，从一个城镇到另一个城镇，我们俩一起旅行，那该是多么快乐呀。马上就要到红叶的季节了，群山会被染得鲜红。你那略显苍白的脸庞，被那么多的红叶映照，也一定会透出朝气的。我想看你那样。嗳，出门旅行的话，我会卖力地帮你寻找那个人的。等坐上火车之后，我会向每一个年轻男人搭话，帮你弄清他们是不是吉雄的。

花　子　不要……不要……

实　子　为什么不要?

花　子　因为，这不是很像了为了躲避什么而逃走吗?

实　子　(若无其事地)你说，逃走?

花　子　因为你没有在等待，因为你绝对不是在等待的人。
　　　　没有在等待别人，这就是逃走啊。我会在这里等
　　　　待。我再也不会听从你的要求了。请你不要生气;
　　　　因为，如果我还一直待在那个城镇的话，他说不定
　　　　就会再次出现在那里。可是，我却被你强拉着从那
　　　　里离开，来到了这里……(发现了地上报纸的碎屑)
　　　　这是什么? (说着，跑过去，用手掬起一捧。实子
　　　　来不及阻止)这是什么?

实　子　(脸色变得苍白)什么也不是。

花　子　这是雪呀，这一定是雪呀。被弄脏的雪……(说着，
　　　　注视了一会儿纸屑，将它撒向四周)你看，下雪啦。
　　　　(带着疯人的狡猾)已经下雪了，所以是冬天啦。即
　　　　使不出去旅行也可以的。我们从秋天起就一直在旅
　　　　行，现在到了冬天，所以回到了家——你就当是这
　　　　样就好啦。

实　子　不，不行，花子，我们必须出门旅行。

花　子　不要……不要……

实　子　明白吗? (让对方坐在椅子上，自己整个人几乎支
　　　　撑在地上面，用说服的语气说道)你已经等待得足
　　　　够了。你的等待是这样充足，它使你变得如此美

丽，如果那个人和你再度相会，一定再也不会离开
你了。明白吗？现在必须停止等待，出门去寻找那
个人才行。

花　子　不……我不会从这里移动到任何地方，我一生都不
会移动了。世界是如此广阔，就算再怎么找，也没
有意义。我会一动不动地待在这里。如果我待着不
动，一定有一天，那个不停移动的人会和我相逢。
待着不动的星星，会与不停移动的星星相逢。

实　子　如果对方也在原地待着不动等你，那该怎么办？

花　子　你不懂男人。

实　子　喂……花子，你别说这种不懂事的话了。求你了……

花　子　啊，我累了。实子，你真是一点都没察觉到我累了
呀。我必须每天都坐在那张木头长椅上等他，每天
都等，每天都等……我累了。看起来不像吧？我看
起来就像一朵开朗的、大大的、水灵灵的蔷薇吧？
但是，我其实已经很累了。我得休息一会儿。只要
让头稍微沾一下枕头，睡一两个小时就好。如果这
样的话，我看起来就会像一个睡着的小岛吧？岛上
的码头朝向辽阔的大海，每一天、每一天，都等着
一条帆船在海面上出现，鲜红的落日透过它的船
帆，那帆船正朝自己的方向航行而来——怀抱对这
种可能性的憧憬，等着，等着，小岛进入了梦乡；
我就像这小岛一样。即使在白天，也有月亮升起，
即使在夜间，也有太阳辉耀。在这个岛上，钟表已

经没有用了，从今天开始，我会扔掉钟表。

实　子　（黯然地）为什么？

花　子　因为，这样一来，火车就永远不会发车了。

〔花子离去。实子伫立了一会，注意到地上的纸屑，拿扫帚把它们扫向门口，扫成一堆，想要扫出去倒掉。这时，她注意到一个男人站在门口。〕

第三场　（吉雄、实子）

实　子　哪位？

吉　雄　请问花子在吗？

实　子　（摆出架势）这家没有叫那个名字的人。

吉　雄　不，应该有的。（说着，从衣袋里取出报纸）我看了今早的报纸。

实　子　报纸上又在写什么胡言乱语了吧。

吉　雄　（一步步踏入家门）请让我见见花子。

实　子　（明知故问）请问你是哪位？

吉　雄　我叫吉雄。现在你该懂了吧。

实　子　我好像在哪听过这个名字。发音很难听，真是讨厌的名字。

吉　雄　……

实　子　首先，你是不是真正的吉雄？

吉　雄　如果你怀疑的话，我这里有扇子。是画着夕颜花的扇子。她的扇子。

实　子　这可能是你在什么地方捡到的。

吉　雄　我就知道你会这么说。总而言之，只要让我跟她见
　　　　上一面……

实　子　你大概是看到报纸，发现自己突然变成了恋爱故事
　　　　的男主角，才赶紧跑到这里来的吧？跑到这个被你
　　　　抛弃了三年的女人的住处来。

吉　雄　关于这一点，我的确曾经是个吊儿郎当的人。但是
　　　　呢，一年之前，我终于有了空闲，就去那个城镇找
　　　　她，可她已经不在那里了。我听人家的流言说，她
　　　　发了疯，不愿去客室表演，后来被一个女画家赎了
　　　　身，给带到东京去了。我只知道这些。那人就是
　　　　你吧？

实　子　是啊，那就是我，当时将满四十岁，却依然独身一
　　　　人的画家。距今一年半之前，我去那个城镇写生旅
　　　　行，被人请到一家料亭①吃饭。在前来表演的艺伎
　　　　之间，流传着关于她的流言。据说，在一个夏天，
　　　　从东京来的一位年轻客人与她相遇，那男人承诺之
　　　　后会再来，还与她交换了扇子，作为信物。她每天
　　　　看着扇子，思念着男人，一直等待他再度到来。她
　　　　没有办法再去任何一间客室表演，还被老板娘斥
　　　　责，最后就慢慢地、可怜地发了疯。听到这则流言
　　　　之后，我坚决请求见她一面；她就坐在宛如黑暗牢
　　　　房的房间中，俯着脸，白皙的小手紧紧地握着扇

————————
① 料亭，高级日本料理店。在料亭的酒宴上，一般会有艺伎表演。

子，哪怕我进到屋里，她也根本没有察觉。当我叫她的时候，她终于抬起头来，那天真无邪的美貌容颜，仿佛月亮蒙上的晕轮一般。第一眼看到，我就喜欢上了她。我为她赎身、带她到东京来的时候，在心里坚定地起誓——决不让那个欺骗了她的男人把她从我这里夺走。

吉　雄　在那之后的一年半里，你就一直照顾着她，是吧？

实　子　请你别这么说，就好像是你把自己的东西托付给我照看一样。

吉　雄　就像这样，你阻止她和我见面……这样说来，你所希望的，根本不是她的幸福。

实　子　我的希望和她的希望一样。她从来没有希望过幸福。

吉　雄　（无耻地微笑着）那么，如果，假设，我为了让她再度遭遇不幸而来到这里……

实　子　她的不幸是美丽的，完美无缺。任何人都无法染指她的不幸。

吉　雄　倘若真的如此，你根本没有必要那么害怕让她和我相见。

实　子　害怕？是啊，我最重视的，是自己的幸福。

吉　雄　你终于说实话了。

实　子　我的幸福，是你这种人完全不能理解的。我是一个不会有任何人爱的女人，从小就是。所以，我不会等待任何事物，直到今天为止，都是一个人这么过

来的。不仅如此，我甚至觉得，万一有人爱上了
我，我一定会憎恨那个人；在我看来，男人爱上我
这件事，是不可原谅的……所以，我就开始了像梦
境一样的生活。我会让她，那个打从心底里爱着除
我之外的什么事物的她，成为我的囚犯。如何？她
会代替我，怀抱着我那永无希望的爱，以无比美丽
的姿态活着。只要她的爱还没有得到报偿，她的心
就是我的心。

吉　雄　这就是你的幸福？

实　子　是的。

吉　雄　因为你是一个不会被人爱上的人，所以才产生了这
　　　　些可怕的念头。

实　子　所有的爱都是可怕的，因为爱是没有法则的。即便
　　　　是你这种毫无痛苦的爱，总有一天也会遇到这种可
　　　　怕的局面。我每天都会把她那奄奄一息的愿望、那
　　　　时不时地就要熄灭的灯芯点燃，我喜欢这么做。不
　　　　过，如果要我自己怀抱希望，那还是免了。

吉　雄　我大体明白了，你和我似乎是一种情敌关系。那
　　　　么，你能给她什么呢？以我为诱饵，给她希望吗？
　　　　只有如此而已吧？而我呢，就算她要整个世界，我
　　　　大概都能给她。

实　子　别撒谎了，你只会从她那里把世界夺走而已。你会
　　　　把她的世界摧毁得粉碎，让她只与你这个既愚蠢又
　　　　狡诈的有妇之夫相连，你能做的只有这样而已。

吉　雄　那种事情，怎么都好。不尝试一下，就不可能知道。

实　子　事到如今，她是不会让你尝试的。她是一块完美无
　　　　缺的宝石，是一块谁也无法移动分毫的宝石，是一
　　　　块疯狂的宝石。像你这样的石块，谁会……

吉　雄　你就承认了吧，你害怕让我跟她见面。

实　子　你根本不知道，一个不会被人爱上的人，为了让自
　　　　己不会孑然一身，能谋划出什么计策来。毕竟，你
　　　　是一个从未孑然一身地生活过的人啊。

吉　雄　好啦，请让我跟花子见上一面！

实　子　拜托，请你别叫得那么大声。

吉　雄　就算你拦着，我也要跟她见面。

实　子　年轻，热情，你还真是自信，觉得所有的锁都能靠
　　　　自己口袋里的全套工具打开。不过，你终究是无法
　　　　如愿。看看那边的行李，为了从你这里逃走，我
　　　　们正要出发旅行呢。

吉　雄　花子她说要去旅行了吗?

实　子　不，她任性地撒着娇，去睡午觉了。

吉　雄　她还保留着理智啊。

实　子　呵，那正是疯狂的证明。

吉　雄　你真是特别希望花子她不正常啊。这样正合你意，
　　　　不是吗?

实　子　我只知道疯狂的花子。那样的她充满了美丽。她在
　　　　保有理智的时候所做的平庸的梦，现在已经被彻底
　　　　精炼出来，变成了你这种人完全无法企及的、高贵

的、不可思议的梦，变成了坚硬的宝石。

吉 雄 可是，在那梦里的，却是肉体。

实 子 啊，肉！请你不要让我想到那种讨厌的东西。

吉 雄 我并不打算让你想到任何东西。

实 子 （突然激动起来）快走！快走！请你快回去吧。

吉 雄 已经到了这个地步，你还在说什么呀。

实 子 我害怕呀。我害怕呀。

吉 雄 我很清楚你在怕什么。

实 子 如果她恢复了理智……

吉 雄 跟你相比的话，无论什么疯子都还算有理智呢。

实 子 抛弃我，就这样离去的话……

吉 雄 我会让她抛弃你的。

实 子 我大概会死的。

吉 雄 就算你死了，花子她大概也不会悲伤的。如果我
死了……

实 子 你想说，花子会立即感到悲伤？不，那样反而才
好。请你去死吧，这样一来，她就能获得活着的意
义了。

吉 雄 然后，你也能获得活着的意义了，对吧？——恕我
拒绝。（说着，朝卧室走去）

实 子 不要去那儿！

吉 雄 花子！我来啦。

实 子 请你走吧，你会杀了我的。

吉 雄 花子！花子！

实　子　（紧紧地抱住不放）回去！回去！

吉　雄　（轻轻地一下挣脱）花子！是扇子啊，是画着夕颜花
　　　　的扇子啊。（说着，打开扇子，举向门的方向）

实　子　啊！（跪在地上，捂着脸）

　　　　［卧室的门开了，花子出现。她把打开的、绘有雪景
　　　　的扇子抱在胸前。］

第四场　（花子、吉雄、实子）

　　　　［久久的停顿。花子徐徐靠近吉雄。］

吉　雄　是我呀。让你等了这么久，真是抱歉啊，花子。我
　　　　一直非常珍重地保管着你的扇子。

花　子　我的……扇子……

吉　雄　是啊，画着夕颜花的扇子。而你拿着的那把画有雪
　　　　景的扇子，是我的扇子。

花　子　我的扇子……你的扇子。扇子怎么啦？你在找扇
　　　　子吗？

吉　雄　不是的，我在找你，我在找花子你。

花　子　我，把扇子……

吉　雄　你不认得我了吗，花子！（说着，抓住花子的肩头，
　　　　摇晃着她。这时，实子恢复气力，站了起来，凝然
　　　　伫立，望着他们两人）

花　子　吉雄？

吉　雄　是啊，我就是吉雄啊。

花　子　（久久的停顿。——微微摇了摇头）不，你不是他。

吉　雄　　你在说什么啊。你把我给忘了吗?

花　子　　不,你只是很像而已。那张被我长久思念、甚至会在梦里见到的脸——你只是和那张脸长得非常相似而已,但你不是。全世界的男人的脸都死了,只有吉雄的脸还活着。你不是,因为,你的脸也已经死了。

吉　雄　　咦?

花　子　　你也是骷髅,你的脸只有骨头。在你的头骨上只有空洞的双眼,为什么你还用它直直地盯着我?

吉　雄　　你好好看看我,用心地看看我。

花　子　　我在看着。我在比你更加用心地看着。(对实子)实子,你又想骗我吧?你又想欺骗我,强行带我出门旅行吧?所以,你才找了这个没见过的男人,让他自称是吉雄吧?你是想让我放弃等待,放弃这昨天、今天、明天都一直持续的、相同的等待吧?……我是不会放弃的。我会等待得更久,因为在我的身体里,还留着更多、更多的等待的力量。我正在活着;我会马上认出已死之人的面容。

实　子　　(对吉雄,稳重地)请回去吧。你可以绝了这个念想了。

吉　雄　　(仿佛还不死心)花子!

　　　　　〔花子头也不回地走开,面向观众席,坐在安乐椅上。吉雄凝视着她。久久的停顿。吉雄突然离去。〕

第五场 （实子、花子）

花　子　待在这儿……

实　子　嗯。

　　　　［窗外的夕阳开始下沉。］

花　子　已经是黄昏了呀。

实　子　嗯。

花　子　在黄昏中，朝阳会投下阳光，鸡也会出声鸣叫。鸟
　　　　儿是不需要钟表的，是吧？

实　子　嗯。

花　子　嗳，实子，真的非得出门旅行不可吗？

实　子　不，现在不去旅行也没问题了。就让我们一直待在
　　　　这里吧。

花　子　是吗？……我真高兴……喂。

实　子　嗯？

花　子　刚才有个人来这儿了吧？那是谁呀？

实　子　有人来过吗？

花　子　的确是来过。可能是推销员之类的人吧。

实　子　是吗。

花　子　他大声说了些什么。我讨厌那种大声说话的人。

实　子　是啊……我也讨厌。

花　子　（再度摆弄起扇子）我在等人。等着，等着……太阳
　　　　就这么落山了。

实　子　你是在等人……但我没有在等任何人。

花　子　我在等人。

实　子　我没有在等任何人。

花　子　我在等人……就这样，今天的太阳又落山了。

实　子　（双眼闪闪发亮）美好的人生！

　　　　——幕落——

道成寺

　　这里是旧物店中的一间房间。说是旧物店，其实更像是汇集了东西方古董的大型美术品商店。在舞台正面，靠近左侧，立着一座大得吓人的洋式衣橱。它是如此庞大，仿佛能将整个世界吞入橱中。在它巨大的门上有着梵钟的浮雕，而整个正面都雕满了花里胡哨的巴洛克风格浮雕。理所当然地，和这座巨大的衣橱相比，店里的其他古董都显得黯然失色；因此，其他的东西方古董可以只作为舞台背景上的一幅画存在。

　　舞台上错杂地放着五张椅子，每张椅子上都坐着一名似乎十分富有的男性或女性客人。店主就站在这座衣橱前面，客人们正在聆听店主对这座衣橱的介绍。今天是拍卖这座衣橱的日子，店里迎来的这五位，都是经过挑选的客人。

*

店　主　请看，这座古今东西罕见的衣橱！它已经远远地超越了"实用"这两个字……本店提供的所有商品，从制作的时候开始，就一律鄙视"实用"这种卑贱的目的。虽然也能供各位用于实际用途，但除此之外，它们还具有独特的意义。世间的俗人都满足于那些规格统一的商品，他们在买家具的时候，简直就像买家畜一样，从一开始就只会挑选那些符合自己身量的、被驯化的东西。不管是大量生产的桌椅也好，电视机也好，电动洗衣机也好①。

　　然而，各位客人却拥有高贵的、与世俗势不两立的心灵，因此，各位对家畜不屑一顾，而敢于购买猛兽。那些世间的普通人无法应对的物品，如果不经历各位那优雅而刚毅的鞭笞，就永远只能是无法应对的物品。（一指衣橱）它，就是一头这样的猛兽。

男客A　这是什么木的？

店　主　什么？

男客A　我问，这是什么材质的。

店　主　（敲敲衣橱）真真正正的，您听这声音就知道，是真真正正的红木。不揣冒昧，请问诸位大概有多少件洋装？只是为了稍作参考。

男客A　一百五十件。

女客B　三百……嗯，三百七十件吧。

男客C　没数过。

女客D　三百七十一件。

---

① 本剧写作的时代正值日本经济开始高速增长，以电视、电冰箱、洗衣机这"三神器"为首的工业制品成为世间流行的追求。因此，这里对这些商品的蔑视有着相当强烈的针对现实的意义。

男客E 七百件。

店　主 我一点都不惊讶。就算听到诸位有这么多的衣服，我也一点都不惊讶。就算有七百件也好，一千件也好，这座衣橱都能轻轻松松地把它们给吞下去。只要您往里看一眼就知道了（说着，自己往衣橱里瞄了一眼），这里面宽大得吓人。虽然还不至于能打网球，但在里面做做运动，是完全没有问题的。里面四壁都镶着镜子，您可以走进去慢慢挑选衣服，甚至还能在衣橱里梳妆打扮，这里面就连电灯都有。请吧，不要客气，请按顺序看看这里面。好，请按顺序，不要挤，请，请排成一列。

［五名客人排成一列，依次看向衣橱里面。］

A（毫不惊讶，看完之后）哦。这个，是哪家的？

店　主 什么？

A 我问，这衣橱的来路是什么地方？

店　主 我只能说，曾由某家所藏。那是一个名门大家，在战前，可是日本屈指可数的望族哇。不过，现在嘛，就有点……这种事是常有的嘛……常有的嘛，说起来真是令人难过，已经有点没落啦，所以就把这个给……

A 知道了。我知道了。（归座）

B（看完之后大声喊道）哎呀，讨厌，这里面都能放下一张双人床了。

店　主 没错，正是这样，像您说的，里面肯定能放下一张双人床。

C （看了一眼）嗬，就跟偷窥祖先的灵龛似的。这么大的话，放一两百个骨灰盒都不成问题啦。

店　主 （表情一沉）您真能开玩笑。

D （看完之后）这个，有锁吗？

店　主 您问锁呀，无论是从外还是从内，都可以随意上锁。

D 从里面？

店　主 （有些慌乱）这个嘛，我也不太清楚，就是这么设计的。

D 从里面锁上，是要干什么呢？

店　主 是啊，这个嘛，这就……（露出狡猾的微笑）应该是有某种用法的吧。毕竟，里面大得都能放下床呢。

E （看了一眼）嘿，没想到挺窄啊。

店　主 咦？窄？

E 意外地窄。

店　主 啊，这样啊。这个呢，各人有各人的看法嘛。（所有客人叽叽喳喳地归座）好啦，诸位，既然都看过了，事不宜迟，请出价吧。从哪位开始都可以。请，请出个价吧。请吧。（所有客人默不作声）来，请吧。

A 五万。

店　主 好，五万。

B　五万一千。

店　主　好，五万一千。

C　十万。

店　主　好，十万。

D　十五万。

店　主　好，十五万。

E　十八万。

店　主　好，十八万。

声　音　（从舞台左侧传来一个女人的声音）三千。（所有人
　　　　都转头看去）

A　三千五百。

店　主　好，三千五百。嗯？是不是您听错了？是十八万，
　　　　上个客人说的是十八万。

A　哦。十九万。

店　主　好，十九万。

C　二十五万。

店　主　好，二十五万。

E　三十万。

店　主　好，三十万。

B　三十五万。

D　三十六万。

B　你好烦啊。五十万。

D　五十一万。

B　哼。一百万。

D　一百零一万。

B　你够了吧！二百万。

D　二百零一万。

B　你很失礼呀！三百万。

D　三百零一万。

B　啊啊啊！

声　音　（从舞台左侧传来一个女人的声音）三千元……
　　　　三千元。

　　　　[所有人叽叽喳喳地看向舞台左侧。一位年轻漂亮的
　　　　女子徐徐登场。她是一位舞女，名叫清子。]

店　主　你是谁啊？请别开奇怪的玩笑。现在正是关键的时
　　　　候，没常识也要有个限度。你到底是什么人？

清　子　问我的名字吗？我叫清子，是舞女。（A、C、E兴
　　　　致颇深地盯着她）

店　主　我不记得叫舞女到这里来过。这里只许受到招待的
　　　　人入内；你没看见店外有"非请勿入"的牌子吗？

清　子　牌子上的纸被风刮得翻了起来。但是，无论如何，
　　　　就算没有接到邀请，我也有资格到这里来。

店　主　你的口气还真大啊。算啦，我不把你拽到警察那儿
　　　　去，请你快回去吧。

　　A　别撵她呀。她肯定是有她的原因的，别这么呵
　　　　斥她。

店　主　但是，您……

　　A　这位小姐，你到这里来做什么？

清　子　请不要叫我小姐，我只是个舞女而已。

C　舞女也没有关系。

E　舞女啊，那也是很不错的工作啊。能让我们得到抚慰，这可是用钱买不来的慈善啊。

B　你是什么意思？"三千元"……

D　三千零一元。

B　你可真是死缠烂打啊。(朝向清子，温和地)你是叫清子吧。你说的"三千元"是什么意思？到这儿来，好好讲讲。

清　子　我说，"三千元"……(说着，走到舞台中央)是因为这衣橱最多只值三千元。

店　主　(狼狈地)喂喂，你可别胡说八道啊，要说到警察那儿说去。

A　你闭嘴，听她说完。(店主沉默)

清　子　如果听我讲完这座巨大而不可思议的衣橱的来历，你们大概就不会想买它了。

C　来历？

店　主　(飞快地用纸包起一些钱)喂，拿着这个，回去吧。不用说了，快点，回去吧。

A　让她说。如果你不让她说，我就不得不认为，你对这衣橱的来历知道得很清楚，但却故意向我们隐瞒了它的问题。

清　子　(把钱推开)我会说的。这衣橱，是从樱山家出来的。(所有人一惊)樱山家的夫人有个年轻的恋人，

　　她总是把恋人藏在这座衣橱里。那个恋人的名字叫安。但有一天，樱山家那嫉妒心深重的、可怕的老爷，注意到了从衣橱里发出的声音。于是，他就拿出手枪，从外面突然向衣橱开枪了。一枪，又一枪，直到衣橱里那恐怖的惨叫平息下来，直到鲜血静静地、潺潺地从衣橱门下的缝隙那里流淌出来。请看这里。（指向衣橱的门）虽然已经用浮雕尽可能地掩饰起来了，但这是子弹的痕迹。这里也有，瞧，这里也有。虽然在那之后，弹痕被巧妙地修好，用同样颜色的木料塞上了……门里的血迹也被洗得干干净净，还被刨了一层，然后重新刷漆……这件事上了报纸，各位大概也读到过。（所有人一声不响）即便如此，你们还要出大价钱买它吗？就算白白送给你们，你们大概也不会要吧。三千元的价格已经够高了，肯出三千元买它的，可能也只有我而已。

B　　唉，真是很不舒服。谢谢你告诉我们这些。不然的话，我们可真是花大钱买个特别不吉利的物件了。你是叫久子吧？

清　子　我叫清、子。

B　　啊，久子是我女儿的名字。清子小姐，真的很谢谢你。这样一来，反倒变成了谁先抽身谁赢呢。我家的司机还在外头好好地等着吧？（一转头，发现D夫人已经离开了房间）……哎呀，这位夫人怎么这

么无礼，连招呼也不打一声，直到回去都要抢先我一步，真是太无礼了。（一边说着，一边从舞台左侧退场）

［A、C、E各自走近清子，向她递上名片。］

A　多亏你，让我省了一笔小钱。作为回礼，我想请你吃一顿便餐……

C　这位小姐，请允许我邀请你去吃非常美味的法国大餐。

E　可以请你跳舞吗？嗯？等吃完饭之后？

清　子　好啊，谢谢。但我现在有些话要跟这家店的主人说。

A　（非常果断地掏出一些钱塞给店主）听好了，你可不能把事情闹大，好好地听这位小姐把话说完。嗯？你亲自在这儿听她说。嗯？绝对不要再提什么警察了。好吗？懂了吧。（从口袋里掏出自动铅笔，转向清子）小姐，如果这家伙对你不尊重，拿什么警察来吓唬你，请马上告诉我。请把刚才的名片给我一下。（清子把三张名片一起递给他）好，（从中拿出一张）这是我的名片。我在这上面做个记号，好让你不会搞混。（用自动铅笔在名片上做记号）……你谈完之后，请给我打电话。再过大概两个小时，我会到能接这个号码的地方。（把名片还给她。被撇在一边的C和E目瞪口呆地看着）……噯，一定要来啊。我真的很想报答你，请一定赏脸跟我吃这

　　　　顿饭。

清　子　我可以问一下吗……

A　嗯？

清　子　我可以问一下吗，就算我的脸彻底变了模样，您也不在意吗？

A　你可真会开玩笑啊，小姐，我完全不明白你这个玩笑的意思。

清　子　如果我变成了可怕的、像女鬼一样的脸呢？

A　啊？嗨，一个女人总是有几张不同的脸的。我到了这个年纪，已经完全不会为这种事感到惊讶了。那，就这样，回头见啦。

　　　　［A飒爽地离去。C和E无可奈何地和他一起离去。］

店　主　您可真是太厉害啦。（清子转过身，想去追A，但又慌忙停住）算啦，算啦，别那么生气，我现在也很恼火……你说，你是舞女？（旁白）哎呀哎呀，这跳的是什么舞啊！

清　子　请您安安静静地听我说。

店　主　（坐在一张椅子上）好，我听。我安安静静地听。不过呀，像你这么年轻，脸蛋又这么可爱、漂亮，竟然……

清　子　没错，我要说的，就是关于我这张可爱而漂亮的脸蛋的事情。

店　主　（旁白）如今的姑娘啊，脸皮真是厚得没边了。

清　子　安曾经是我的恋人。

店　主　就是在这衣橱里被害的青年?

清　子　对。他曾经是我的恋人。可是,他却抛弃了我,变成了那个比他还大十岁的樱山夫人的恋人。他呀,这么说比较合适,是那种比起爱别人来,更加喜欢被别人爱着的性格。

店　主　真是可怜。

清　子　请您安静,好好地听我说……也许,是我的爱把他赶走的。只是也许啦。他呀,比起温柔乡里的舒适和光明正大的爱情,更加喜欢那种不安的、秘密的、可怕的恋爱。他是一个俊美的青年。我和他结伴而行的时候,大家都说,我们俩是天成的佳偶。我们俩一起漫步的时候,就连蓝天、公园里的森林,以及小鸟,都高高兴兴地接受了我们。可以说,无论是蓝天,还是满天星斗的夜空,全都归我们所有;尽管如此,他却选择了待在这种衣橱之中。

店　主　因为这座衣橱真的很大。搞不好,这里面也有辽阔的星空,月亮也会从衣橱的一角升起,之后还会沉降。

清　子　是啊,他就在这座衣橱里入睡,在这座衣橱里醒来,有时甚至还在这座衣橱里用餐。这是一个没有窗户的、不可思议的房间,既没有风儿的喧嚣,也没有树林的飒飒轻摇。他明明活着,却待在这个犹如坟墓、犹如棺材的房间里,早在被杀之前,他就异常地喜欢在这个棺材里生活了。这是快乐与死亡的房间，他被女人香水的残香和自己的体味包裹在中央……他的味道，是栀子花的香气。

店　主　（兴趣越来越浓）他没有埋在花堆里，而是埋在了那位夫人无数的衣物里。

清　子　蕾丝的花朵、色丁的花朵，那些冰冷的、死去的、气味浓郁的花朵。

店　主　（旁白）干得漂亮。我也希望能这么死。

清　子　他的死法，正是他自己所希望的。我现在已经一清二楚了。但是，究竟是为什么呢？他要从什么东西那里逃开呢？是什么东西让他甚至不惜逃进死亡之中……

店　主　这个嘛，你问我，我也……

清　子　他肯定是想从我这里逃开。（两人陷入沉默）……喂，这究竟是为什么？为什么他要从我这里，从我这张可爱而漂亮的脸蛋这里逃开？……也许是因为，他自己太美，所以就对美丽这种东西厌烦了。

店　主　你这个感叹可太奢侈啦。在这个世界上，有的是为了自己的脸太丑而整天焦虑的女人，以及为了自己失去的青春而心急火燎的女人。你既有美貌又有青春，所以，你感叹的事可实在是太贪心啦。

清　子　但是，从我的青春、从我的美貌这里逃开的人，也只有他而已。这是我的两件仅有的宝物，可他却全都一脚踢开了。

店　主　不过，又不是除了安君就没有别的男人了。安君
　　　　他肯定有着不同寻常的爱好。话说回来，比如说，
　　　　如果是像我一样，爱好基本上都非常健全的人的
　　　　话……（说着，伸出一只手）

清　子　（猛地打了一下那只手）请您自重。每当在他之外的
　　　　男人脸上看到突如其来地浮现的欲望，我都会感到
　　　　毛骨悚然，就像是看到了一只癞蛤蟆……请您好好
　　　　看看，我难道不老吗？

店　主　别开玩笑啦，你这么年轻。

清　子　我难道不丑吗？

店　主　如果你也算丑的话，这个世界上就没有美女啦。

清　子　您的两个回答都不合格。如果您说我又老又丑，我
　　　　说不定就会委身于您了。

店　主　女人的想法，我还是稍微了解一点的。我应该翻来
　　　　覆去地这么说："你在说什么呀。就算让我去死，我
　　　　也决不会昧着良心撒谎，说你的脸又老又丑。"

清　子　啊，真烦人！我的脸总会招惹没用男人的春心，我
　　　　恨不得把这张脸皮给剥下来。现如今，我只有一个
　　　　梦想，只有一个空想：如果我变成丑陋而可怕的、
　　　　让人不敢再看第二眼的容貌，说不定，他就会爱
　　　　上我。

店　主　像你这么年轻漂亮的人，才会做这种疯疯癫癫的
　　　　梦。我呢，早在很久之前，就已经对这种不讲道理
　　　　的梦免疫了。小姐啊，"不满"这种东西，正是颠

覆这个世界的规矩，把你自己的幸福搅得一塌糊涂
的毒药。

清　子　您说"不满"，这可太轻了。我并没有居住在那样
的世界里。正是因为缺了一个什么齿轮，他和我永
恒的相爱才无法实现，那台机器才无法流畅地运
转。我已经找到了那个缺失的齿轮。那齿轮就是我
变得丑陋不堪的面庞。

店　主　世间到处都缺失着齿轮。我是不清楚你那台机器的
事情啦，至少，正是因为到处都缺了齿轮，这个地
球才能顺畅地运转下去。

清　子　但是，只要我的梦想成真的话……

店　主　怎么可能，你的男朋友又不会起死回生。

清　子　不，说不定，他真的会复活。

店　主　你过于热衷地沉迷在白日梦里，最终产生了这种可
怕的想法。你这是在否认大自然。

清　子　就算是您这种可怜的悭吝人，偶尔也能说出一句令
人愉悦的话。没错，我的敌人，他和我之间的恋爱
的仇敌，并不是樱山夫人，而是……是啊，就是大
自然。是我美丽的面庞，是那接受了我们的森林的
喧嚣，是体态优美的松树，是雨后湿润的蓝天……
是啊，存在的一切事物，都是我们之间的恋爱的寇
仇。因此，他才把我扔在一边，逃进了衣橱，逃进
了那个涂满了清漆的世界，那个没有窗户的世界，
那个只有电灯的灯光照耀的世界。

店　主　果然不出我所料，你是想把这座衣橱买下来，在它里面找回死去的恋人吧？

清　子　是啊，我会到处宣扬这件事，如果有谁想买下这座衣橱，我就会把衣橱的来历告诉他，给他当头浇下一盆冷水。我无论如何都要买下这座衣橱，价格就是我说过的，三千元。

〔这时，从舞台左侧传来了怪异的号子声①，就像伴奏者在敲打能剧的小鼓时发出的声音；与此同时，犹如小鼓、大鼓等打击乐器的声音，以及犹如横笛的声音也一齐响起，这些声音配合着下文讨价还价的台词，产生出一种类似能剧的乱拍子②的效果。〕

店　主　可恶，那家街道工厂③又开始发出怪异的号子声、发出敲打东西的声音了。店里有客人的时候，它那边一响，生意就全完蛋了。总有一天我要把那块地买下来，把工厂撵走。哼，那就是所谓的"生产"的声音。"生产"什么？被制造出来的东西会逐渐陈旧、逐渐衰废，只有在它变得彻底不中用的时

---

① 号子声（掛け声）有两层意思，一方面，劳动时会发出号子，另一方面，能剧中的伴奏者（囃子方）在伴奏时也会叫出奇特的号子，以烘托氛围。这里系以前者模拟后者的效果。下文中的小鼓、大鼓、横笛均是能剧中使用的伴奏乐器。

② 乱拍子，能剧中的一种特殊舞蹈，现今只在能剧《道成寺》中上演，以小鼓伴奏，用于表现主角一步步登上寺院的石阶，向梵钟走去的姿态。这里明确表示，下文讨价还价的对话是在模拟能剧中的这一部分。

③ 和本剧开始时提到的工业制品类似，当时，随着经济高速增长，街道工厂也开始繁荣发展。

候，才会开始产生价值。那些家伙一辈子也不会理
解这一点。他们只会拼命制造崭新的便宜货，一辈
子贫穷困苦，最后在贫窭中迎来死亡。

清　子　已经说好几遍了。我出三千元买它。

店　主　三百万。

清　子　不，三千元。

店　主　二百万。

清　子　（踏着足拍子①）不，三千元。

店　主　一百万。

清　子　不，三千元。

店　主　五十万。

清　子　三千元，三千元，三千元。

店　主　四十万。

清　子　我都说三千元了，无论如何，就是三千元。

店　主　三十万。

清　子　您狠一狠心吧，再狠一狠心吧。您已经降价到这个
地步了，再降一降也无所谓啊。等价格降下去之
后，您的感觉一定会非常舒畅的。要降到三千元，
就差一把劲了。三千元。

店　主　二十万。

清　子　不，三千元。

店　主　十万元。

---

① 足拍子，在能剧等日本传统舞台演出中，演员用脚底重踩舞台地面，发
出响声，以表现各种情感及氛围。

清　子　不，三千元。

店　主　五万元。

清　子　不，三千元！三千元！三千元！

店　主　五万元，再往下，我一分也不降了。

清　子　三千元。

店　主　五万元！五万元！五万元！

清　子　（有些精疲力竭）三千元……

店　主　五万元是最低的底线了。真的一分也不降了。

清　子　无论如何都不行吗？

店　主　我说五万元，就是五万元。

清　子　（精力耗尽）我没有那么多钱。

店　主　这是我的买进价。没钱的话，就请便吧。（从舞台左侧传来的声音彻底安静下来）

清　子　无论如何都不行吗？

店　主　五万元。我最后再说一遍，五万元。

清　子　我是不会买的。我的梦想是，把这座衣橱买下来，让它满满地占据我公寓的小房间，我就在衣橱里，一边思念他，一边变成可怕得让人不敢再看第二眼的容貌。既然这样，很好。（说着，一边后退，一边徐徐接近衣橱）既然这样，很好。我的嫉妒、我的梦想，是啊，我的痛苦、我的烦恼，是啊，如果要让这些改变我的容貌，也没必要非得把这座衣橱搬回我的房间不可。就在这里，直接……

店　主　啊，你要干什么？

清　子　听着，当我出来的时候，您会过度惊骇而死的。

　　　　　［清子说着，突然一转身，跑进了衣橱。衣橱的门发出可怖的巨响，关闭了。店主慌张地试图开门，但打不开。］

店　主　糟糕，她从里面锁上啦。（说着，频频敲门。衣橱内寂静无声，没有回答）啊，这个不要脸的女人，趁我一不注意，竟然跑了进去……啊，她到底要把我的生意搅和到什么程度，让我损失多少钱才甘心！这衣橱本来就是瑕疵品，她要把它糟蹋得更糟啊。这是什么报应啊，哎呀，可恶。也不知道她进到这么宽广的衣橱里，到底是要干什么。（把耳朵贴在衣橱门上）她到底有什么企图？哎呀，我今天怎么这么倒霉……什么也听不见。没有一点声音。就像把耳朵贴在寺庙的大钟上一样，如果到了时辰，那厚厚的铁板就会訇然鸣响，但现在却沉寂着，没有一点声音……该不会，那脸要变成可怕的脸……哼，那只是威胁而已。只是为了让我胆怯而说的胡话而已。（再次把耳朵贴在衣橱门上）但是，她到底在干什么呢？感觉很不舒服。哎，衣橱里似乎亮灯了。镶在衣橱四壁的镜子，会映照出她沉默不语的脸。真是的，怎么这么瘆得慌啊……不，可是，那只是威胁罢了。（似乎预感到了什么）……只是威胁而已。她是不可能下决心干那种事的。

　　　　　［这时，清子所住公寓的管理员从舞台右侧跑了过来。］

管理员 请问，有个叫清子的舞女来过这儿吗？又年轻又漂亮，叫清子的。

店　主 清子？……您是哪位啊？

管理员 我是她住的公寓的管理员。请问清子来过这儿吗？要是来过……

店　主 您别这么着急。要是来过，就怎么样？

管理员 我听她的朋友说啊，刚才，她从一个当药剂师的朋友的架子上，偷了一小瓶硫酸……

店　主 咦？硫酸？

管理员 她的朋友说，她拿着硫酸的小瓶，慌里慌张地出了门。我在路上向人询问，有人告诉我，她进到了您的店里。

店　主 硫，硫酸？

管理员 那姑娘的恋人刚被杀害不久。她原本就是个性格暴烈的姑娘，真不知道会干出什么事来。我特别担心，说不定，她会把硫酸朝别人的脸上泼过去……

店　主 咦？（急忙捂住自己的脸）不，不是的。她现在正要把硫酸倒到自己的脸上。

管理员 咦？

店　主 是啊。不，不是的。她是要改变自己的容貌啊。啊，真是悲惨，她要自杀，但那是一种只杀死自己的美丽脸庞的自杀。

管理员 她为什么要这样？

店　主 您不懂吗？清子，（一指衣橱）就在那里面。从里面上了锁。

管理员　咦？那可不得了，得赶紧把她给救出来啊！

店　主　我从没见过这么结实的橱门。

管理员　那也得想办法啊，（说着，开始敲衣橱的门）清子小姐！清子小姐！

店　主　那张脸会变成像女鬼一样的脸吗？！今天怎么这么倒霉啊。（一起敲门）出来吧！我不想惹上麻烦啊。出来吧！

管理员　清子小姐！清子小姐！

　　　　　[这时，从衣橱里传出了尖厉的惨叫。两人腿脚发软，当场坐在地上。彻底的沉默。过了一会儿，店主不由自主地做出祈求的手势，竭尽全力喊道。]

店　主　出来吧。求你啦。这座衣橱已经被你糟蹋啦。三千元卖给你啦。只要三千元啊。我答应降价，所以求你出来吧。

　　　　　[终于，衣橱的门吱呀一声，发出可怖的声音，打开了。店主和管理员下意识地向后跳去。清子一只手握着小瓶，走了出来。她的脸没有丝毫变化。]

店　主　哎呀，你的脸……？

管理员　啊，太好啦。

店　主　一点也不好。这跟说好的不一样啊。你真是个大骗子。这么恐吓别人，我犯脑溢血了怎么办？别开玩笑了。

清　子　（沉静地）我并不是要骗您。我本来是真的打算把这瓶硫酸倒在自己脸上的。

店　主　那，刚才的尖叫声是怎么回事？

清　子　我打开了衣橱里的电灯。四壁的镜子映出了我的脸。我映在镜中的脸又被背后的镜子映照，然后又被映照；我映在镜中的侧脸又被另一面的镜子映照，然后又被映照；我的脸不计其数、永无尽头。……不知为什么，那衣橱里冷森森的。我一直在等待。我想，从我数不胜数的脸中，会不会突然有他的脸出现？

店　主　（再次心惊胆战）出现了吗？

清　子　不，没有出现。直到大地的尽头、海洋的尽头、世界的尽头，全都充斥着我自己的脸。我拧开这个小瓶的瓶盖，直直地盯着镜子里的脸。如果淋上硫酸、样子改变的脸像这样一直延续到大地尽头的话……突然，我产生了幻觉，看到了自己变化之后的脸。如女鬼一般的脸。可怖的、被烧毁的脸。

店　主　所以你发出了尖叫？

清　子　是啊。

店　主　给自己淋硫酸的勇气，就在这紧要关头消失了，是吧？

清　子　不，我回过神来，又把小瓶的瓶盖给拧上了。这并不是因为失去了勇气；那时，我明白了。纵使是那样可怕的悲哀、嫉妒、愤怒、烦恼、痛苦，只靠这些，也不可能改变人类的面庞。不管发生什么，我的脸就是我的脸。

店　主　你看，跟大自然战斗，绝对没有获胜的道理。

清　子　不，我不是输了，我是跟大自然和解了。

店　主　这只是让自己看起来体面的借口罢了。

清　子　是和解了。（她手中的小瓶滑落到地上。店主慌忙把它踢到一边）……我刚刚注意到，现在正是春天。自从他走进衣橱之后，在漫长的时间中，我根本没有季节的变化。（仿佛在嗅周围的香气）现在正是盛春时节呀。就算在这个弥漫着霉味的商店里，也能闻到春天土壤的芬芳、草木的芬芳、花朵的芬芳，这些芬芳正从不知什么地方飘溢而来。现在正值樱花盛开，在樱花的旁边生长着松树，那一抹翠绿崭露在宛如烟霞的花朵之间，枝条的形状是那样鲜明，在梦中绝对无法看见……小鸟也在啼啭。（倾听鸟鸣）那啼啭的鸟鸣，无论多厚的墙壁都能穿透，就像渗入房间的日光。就像这样，春天毫不留情地紧逼上来。这么多的樱花，这么多的鸟鸣，每一根枝条都最大限度地支撑着重量，那重量让我不禁陶醉地眯起双眼。还有风。在这风中，有他在世时的身体的气味。我以前都忘了，这就是春天啊！

店　主　你要把衣橱买回去吗？

清　子　您刚才说，可以给我降到三千元，是吧？

店　主　说什么傻话，那是在你的脸变了的情况下。现在还是得卖五十万。不，六十万。

清　子　我不要了。

店　主　咦？

清　子　我真的不要了。您卖给哪个有钱的蠢货吧。请放心，我再也不会来搅局了。

店　主　真是的。

管理员　好啦，咱们一起回公寓去吧。您的朋友为您提心吊胆的，您得道个歉，然后好好地睡一觉。您现在看起来特别疲惫。

清　子　（拿出名片，一边看一边说）不，我接下来要去个地方。

管理员　去哪儿？

店　主　（看向清子呈出的名片）嘿，你现在要去那个绅士那里吗？

清　子　对，去那个绅士那里。

店　主　去他那里的话，你会自食其果的。

清　子　没关系。不管遇到什么事情，我都无所谓。今后的我，已经没有任何人可以伤到分毫了。

管理员　春天真是个可怕的季节啊。

店　主　你会被他糟蹋的。你的心会被撕得粉碎，从此再也不会有任何感觉的。

清　子　但是，不管发生什么，我的脸都再也不会变了。

　　　　〔清子从提包中拿出口红，涂了涂嘴唇，把呆若木鸡

地望着自己的两个人抛在身后，眨眼之间，就像风
一样从舞台右侧离去了。]
　　——幕落——

熊　野

　　熊野所住的豪华公寓的一间房间。请注意，面向观众席的"第四面墙"上设有巨大的玻璃门和露台。舞台右侧是一张床，枕边放着电话机。

　　舞台正面的窗户面向大楼的中庭，透过这扇窗，只能看到对面那一层的窗户。中央摆着桌椅，左侧是门。有三面镜等家具。一个硕大的旅行箱放在床边，房间已被收拾停当，似乎主人即将出门旅行。

　　春季，樱花盛开的时节，一个春光明媚的星期日的上午。熊野身穿旅行装束，直接躺在床罩上，脱去上衣外套的宗盛坐在舞台左侧的安乐椅上，吸着雪茄。

宗　盛　（大实业家，约五十岁）喂，差不多该出门了吧？在那座山丘上一眼看尽千株樱花的机会，如果错过今天，就得等到明年了。不管哪一份报纸都预测，那些樱花开不到下个星期天。放在平时，只有失业者能去赏花，总而言之，今天就是今年赏花的最后一次机会啦。听见没？……更何况，我都跟你说好几遍了，那样灿烂的樱花，明年可就赏不到啦。我在今年之内必须扩建动物园，新建一座水族馆，为此必须把那些樱花树砍掉一半才行。现在已经不是光靠樱花就能吸引游客的时代了，更何况，我的电车也必须一年四季地运送来游乐场游玩的客人才行哪……（看看手表）已经十一点了。真是的，我本来打算十点出门的，春季的天空是多么善变啊，要是下雨了可怎么办？喂？……你听不懂吗，熊野？我想让你看的，可不仅仅是樱花，（敲着自己的胸膛）是我的樱花。我想让你看看我的樱花盛开的样子。（站起来，焦躁地）去那里要坐两个小时车，就算现在出发，到那儿也一点了。哪怕现在立即出门，也要花三分钟坐电梯，才能走到公寓的大门口。然后，跟殷勤过头的门卫打招呼要花十秒。如果司机在这暖洋洋的春日里睡着了，还得花三分钟叫醒他……不，我不是抱怨司机让我等的这几分钟。我只是想说，你对我平时在办公室的生活一无所知。在那儿，我的一秒钟、我的一瞬间，有时可以赚几百万，甚至几千万哪。我得说，你对我的这种生活太缺乏同情啦……不过，话说回来，正是因为你一无所知，你才是你啊。（走近床边，俯视熊野的脸）不是吗？嗯？（要去抚摸熊野的头发。这时，枕边的电话响了。宗盛接电话）啊，是我，我，嗯……是吗，是吗……嗯，嗯……那可真是辛苦你了……嗯……就那么办吧……嗯，那样就好。（放下电话）——是秘书。他是负责我星期天的管理员。

　　　（又要去抚摸熊野的头发。但熊野翻了个身，坐了
　　　起来）

熊　野　（神情悲哀、面色苍白的美女，年纪大约二十二三
　　　岁）请您不要让我更加悲伤了。如果是平时的话，
　　　我真的非常喜欢您抚摸我的头发。但现在不行。现
　　　在，就连我的发梢都充满了悲哀和担忧，我甚至
　　　感觉，仿佛泪水会从发丝中流淌而出。求您了，求
　　　您不要碰，现在，我只要稍微一动，身体就会被
　　　打湿，因为我就像一个容器，泪水早已盈满了边
　　　缘……不过，能够被您邀请去赏花，我还是很高
　　　兴的。

宗　盛　是呀，尽管你在拒绝，却还是表现出这种样子。尽
　　　管你在生气，言语却还是如此温柔……那些和我交
　　　往过的女人，碰到这种情况，都会像这样愤怒地吼
　　　道：“要是那么想去的话，何不带你的老婆和孩子一
　　　起去呀？”

熊　野　（依然带着凄凉的微笑）面对像您这样的人，也会有
　　　女人使用粗暴的语言啊。

宗　盛　（温和地）嗳？为什么不对我使用粗暴的语言呢？

熊　野　因为我害怕。

熊　野　┐
　　　├您是如此地出色……
宗　盛　┘

宗　盛　（笑）你看，这可不行呀。

熊　野　那么，我这么说可以吗？如此出色而温柔的您……

宗　盛　如此出色而温柔的我，面对担心母亲病情的你，正要强行带你去赏花呢。明明只要坐上飞机，一下子就能飞回你的故乡北海道，我却强行禁止你飞回去。正是如此。就是这样。但是，我要一再重复，我不想让你回去。无论你母亲的病情重到什么程度，我也有我自己的理由。哪怕只多一天也好，我也希望把你放在我的身边。最近一段时间，我不仅不管世间的目光，就连自己的家庭也不顾了……不过，现在我却妥协了。只要你今天陪我赏一天花，明天就让你回到母亲身边。我明明白白地这样讲了……可是，你却意气用事，耍着脾气，说什么你不愿赏花，非得在今天回到故乡不可……你好好想想吧……不，还是叫个人来，让他当陪审员，在这里裁判一下吧。不管是谁，都会认同，道理是在我这一边的。

熊　野　可是，带着神情如此悲伤的我去赏花，难道您会快乐吗？

宗　盛　我说过很多遍了。我很快乐。

熊　野　（用手遮住脸）如果您爱我，就不会这么做了。请您不要再说您爱我了。

宗　盛　这会儿，你又搬出什么"爱"来了。我说过了，我会快乐。带你去赏花，会让我感到满足，感到快乐。

熊　野　也就是说，这些跟我的悲伤，不，跟我的心，都没有任何关系，是吧？

宗　盛　（坚决而有力地）是的，跟你的感情没有任何关系。你的脸很美丽，你的身体很美丽，我想带着这样的你去赏花……说到这个世界上所谓的快乐，这就是它的一切了。

　　　　［熊野仰面看向宗盛，又迅速伏下脸去。停顿。］

宗　盛　（把脸转过去，极为温和地）怎么样？去吧？

　　　　［熊野转过身，背对宗盛，低着头，没有回答。］

宗　盛　这么说来，你是不喜欢我了。

熊　野　（重新转向宗盛）您不是也在拿"爱情"说事吗？您难道没有想过，正是因为我喜欢您，所以才像这样耍脾气吗？如果我现在没有任何烦心事的话，在这样和煦的春日阳光下，跟您一起开车去赏花，那该是多么幸福啊。可我的心中现在充满了对母亲病情的担忧，我的身体几乎要在悲哀中倒下了。就算您把这样的我强行拉去赏花，不管怎样美丽的樱花，在我看来也只如垃圾一样；如果我看到那些仿佛沉浸在幸福中的人，就会马上拿他们和我自己相比；明亮的天空也会变得如夜晚一般，到了最后，我一定会对您产生憎恨之情。我害怕那种事发生。所以，不如让我一刻也不耽搁地看望完母亲，安下这颗心来。等我回来的时候，就能高高兴兴地去赏花了。

宗　盛　花是不会等你的啊，熊野，我都说无数遍了，花是不会等你的。

熊　野　可是，悲哀的心灵和盛开的樱花——赏花的快乐和我的悲伤，是决不会变得一致的。

宗　盛　我会让它们变成一致的。

熊　野　现在，无论是怎样的快乐，都无法为我带来慰藉。

宗　盛　（托着熊野的下颚）你的表情看起来悲哀无比，但它接下来就会鼓起勇气，转向快乐的方向，熊野。你的脸就像月亮，如果承受快乐的光辉，就会变得明亮，如果承受悲哀的暗影，就会变得阴沉。你最好被自己的爱情紧紧地捆绑，不顾一切地向快乐投身过去。明白吗？这样的话，年轻的你，就可以把母亲的病情抛在脑后了。

熊　野　（挥开他的手，捂住脸）我做不到！我做不到！

　　　　［这时，舞台左侧的门被敲响了。熊野和宗盛一动不动。敲门声再度响起，这次更加急促。从门外传来声音："熊野，是我，朝子。"熊野要站起身，宗盛制止了她，迅速穿上上衣外套，打开门。］

朝　子　哎呀，我打扰你们啦？

宗　盛　请进吧。

朝　子　（熊野的朋友。她和熊野是同一幢公寓的住户，同时也是拥有同样境遇的女人。她的年纪比熊野小，穿着打扮全部比熊野艳丽）我可以进来吗？（说着，走了进来）熊野，你妈妈给你寄信来了。（说着，把信递给熊野。熊野赶紧接过来，拆开信封）

宗　盛　你什么时候变成送信的了?

朝　子　这都是拜您所赐呀，宗盛先生。熊野的妈妈可是把
　　　　您当成神仙害怕着呢。她知道，电车、游乐场、动
　　　　物园、银行，全都是归您所有的，因此就觉得，您
　　　　只要下一道命令，就能轻而易举地检查信件的内
　　　　容。所以，她才把重要的信件寄到我的房间，托我
　　　　转交给熊野呀。

宗　盛　你可真会刺激我的自尊心哪。

朝　子　在这幢公寓里，熊野和我可是公认的好朋友呢。

宗　盛　不管怎么说，两位美女共同分享秘密，这实在是一
　　　　幅美景啊。想必，熊野她也为你的秘密帮过忙吧?

朝　子　熊野可不行，帮不上忙的，因为她太老实了。

　　　　[在他们说话的时候，熊野读着母亲的信，潸然
　　　　泪下。]

宗　盛　喂，把信给我看看。

　　　　[熊野默默地把信递给他。宗盛掏出老花眼镜戴上，
　　　　把信拿正，开始读信，但随即又把信还给熊野。]

宗　盛　你能读一下信吗? 我的重要信件都是让秘书读给我
　　　　听的，我已经习惯了……而且，这信上的字歪歪扭
　　　　扭的，很难认……来，你读吧，我听着。

熊　野　(读信)"正如三月初去信时所说，不知为什么，我
　　　　的心里有一种预感，总觉得已经无缘再见今春的樱
　　　　花了。这段时间，北国的积雪在一点点融化，空中
　　　　的云朵也带上了春天的轻柔；然而，我只会想到，

这春天的征候，就是我死去的征候了。我日复一日
地衰弱着，就像屋檐下顽强的冰凌正在日复一日地
变细一般。在我的生命终结之前，哪怕只有一眼，
我也想和你见上一面。"（熊野哭泣）

朝　子　（被熊野带得也哭了起来，用手扶着熊野的肩膀）真
可怜呀！真可怜呀！

熊　野　"在我的生命终结之前……哪怕只有一眼，我也想
和你见上一面。不知怎么，最近一段时间，我的
眼前有时会有彩虹一样的东西闪过，有时又会有
黑影覆盖。在我的眼睛还能看见的时候，哪怕只有
一眼，我也想再看一次你的脸。我只有这么一点希
望，只有这么一点对这世间的留恋。如果你有空的
话，请一定要来见我一面。"

[熊野一边抹泪，一边读信；宗盛叼着雪茄，直直地
盯着她。朝子很快就发现了宗盛的这种态度，狠狠
地看向他。]

朝　子　怎么样，宗盛先生？熊野她哭起来的时候，就像是
个可爱的、漂亮的人偶吧？

宗　盛　你在说什么呀。

熊　野　"请一定要来见我一面。在这衰朽的樱树还未及绽
放花朵，轰然倒下之前，请一定要来。在这衰老的
树莺还未及看到今年的樱花，被雪冻死之前，请一
定要满足她的愿望。"

宗　盛　（对朝子）你在说什么呀。（愉悦地）我在同情地听

着呢。

朝　子　不，熊野是个可爱的、漂亮的、悲哀的人偶。她哭泣时的美丽，从男人眼里看来，会是怎样一幅情状？我知道您的心思，您肯定觉得，她就像是雨中的樱花。透过雪茄的烟雾，您似乎很快乐地打量着她；在您的眼中，熊野一定变成了一个小小的、美丽的、悲哀的人偶。

宗　盛　随你怎么想象吧。我可是在同情着她呢。

熊　野　"在这衰老的树莺还未及看到今年的樱花，被雪冻死之前，请一定要满足她的愿望。"

宗　盛　（等了片刻）这就结束了？

朝　子　（抱住熊野的肩膀）熊野，你就安心吧。宗盛先生说，他正在同情你呀。你现在可以不用去赏什么花，直接回故乡去了。

熊　野　（脸上浮现出空虚地喜悦着的微笑）真的？

宗　盛　不，赏花不能取消。

朝　子　宗盛先生！

宗　盛　只要是我决定下来的事情，就绝对不允许更改。

　　　　[——停顿。]

熊　野　（拭去眼泪，展开反击）您是说，无论如何都要去吗？

宗　盛　是啊，无论如何。

熊　野　樱花每年都会开放，春天不只限于今天。但是，如果我现在不去和母亲见上一面，可能就变成永别了。

宗　盛　今年的樱花仅限今年呀，熊野。今天的快乐再也不会重现。在一生之中，"今天"这一天，只有一次而已。

熊　野　啊，对您来说，人的生命和花的生命，哪个更重要啊？

宗　盛　对我来说，重要的是"现在"这个时间，是"今天"这个日子。在这一点上，很遗憾，人的生命和花的生命是等同的。既然是等同的，与其悲伤，不如选择快乐吧，熊野。就算是我，也有可能明天就死了。

朝　子　哎呀，像您这么健壮的体格？

熊　野　濒临死亡的，是我的母亲呀。

宗　盛　那和赏花有什么关系？你的母亲对你的美貌感到非常自豪。甚至可以说，她生活下去的意义，就是自己女儿的美丽。这是一种伟大的关爱呀，熊野。如果你的母亲真的如此相信的话——她的女儿正盛开着美貌，那美丽足以使行人大吃一惊；我的土地正满开着樱花，这绝美的女儿正在樱花下行走。为了这幅景象，为了在她女儿的一生中不会再有第二次的"今天"的春之光荣，就算牺牲她的生命，她也应当毫无遗憾才是。总而言之，就是因为有你这样一位美丽的女儿，你的母亲才一直置身于快乐之中。

熊　野　哎呀，您的话可真残酷。

朝　子　宗盛先生，您太过分了！

宗　盛　是的，我是说得很过分。可是，该怎么说呢，你将
　　　　快乐视作等闲，这实在是太遗憾了。快乐这种东
　　　　西，跟死亡一样，都在世界的尽头呼唤着我们。如
　　　　果被那光辉的声音、被那清澈透亮的声音呼唤，到
　　　　了最后，人就必须立即从座位上站起身来，走出家
　　　　门，向它而去不可。

熊　野　快乐是您的义务，是吧？

宗　盛　不是义务。就像死亡不是义务一样，快乐也不是义
　　　　务。可是，如果你把它视作等闲，就会遭到报应。

熊　野　什么报应？

宗　盛　那报应就是"后悔"。是黝黑的、带着阴森表情的
　　　　怪物。我打从心底里讨厌那家伙。为了不让自己后
　　　　悔，不管花多少钱，我都在所不惜。

熊　野　如果不能和垂危的母亲见上一面，为后悔所苦的，
　　　　就会是我。

宗　盛　你为什么要后悔？不管发生什么，你都归咎于
　　　　我，怨恨我，这不就行了吗？只要咱们一起去赏花
　　　　的话，无论你还是我，就都能摆脱"后悔"这家
　　　　伙了。

朝　子　您的后悔，仅仅是快乐的后悔。

熊　野　我的后悔，是会一生纠缠着我的、可怖的后悔。

宗　盛　这两种后悔都会消失的。只要你别再说话，跟我出

　　　　门。闭上眼睛，什么也不想，默默地跟我走。这样
　　　　的话，后悔就会从这个世间消失了。这样的话，留
　　　　在人们记忆之中的，就只有世间罕见的、悲伤的美
　　　　女赏花的身影了。

朝　子　您已经把熊野变成了人偶，现在还想把她涂画在美
　　　　丽的绘画里吗？

熊　野　（胆怯地）我不想变成什么绘画。

宗　盛　你为什么这么重视自己的感情呢，熊野？这是一种
　　　　疾病。尽管世人时常为自己的悲哀和快乐之间的不
　　　　协调而纠结不已，但他们喜欢的，正是不协调。绝
　　　　不相容的事物合为一体，相互对立的事物互相照
　　　　耀，这就是所谓的"美"呀。和欢乐的女人赏花相
　　　　比，悲伤的女人赏花是更美的。不是吗，熊野？你
　　　　真是太美了。"美"可以把两个东西，把本来完全
　　　　不相容的两个东西合二为一。"美"拥有这种力量。
　　　　悲悲戚戚地出门赏花，这正是你的美丽招来的宿
　　　　命。（走近电话）好啦，我要给大门口打电话啦。得
　　　　把正在打盹的司机喊起来才行。

熊　野　（赶紧制止他）请您等一下！求您了，请您等一
　　　　下！请看啊，在这里也可以赏花啊。（说着，她做出
　　　　动作，仿佛是往左右两侧拉开了位于舞台正面最前
　　　　端的玻璃门，然后向前走一两步，仿佛是走到了露
　　　　台上。为了这一场，可以特意推出露台的栏杆）从
　　　　这个阳台上，也可以看到这么多樱花。请您过来

　　　　　呀，可以看到这么多樱花呢。

宗　盛　　（走到露台上，和熊野并肩而立）你是说那个小公园
　　　　　里的那么一点点樱花吗？（伸了个懒腰）啊，不过，
　　　　　这里还真挺舒服。太阳像这样暖洋洋地照着，空气
　　　　　也很清新，比窝在狭窄的房间里吵架好多了。

熊　野　　（拼命地迎合他）是吧？是吧？我觉得，站在这里，
　　　　　您的心情也会变好的。还有，您看那樱花，所有的
　　　　　枝头都开满了花，多漂亮呀。

宗　盛　　你说的，是那矮小的、快要枯死的两三棵樱树吗？
　　　　　那花就跟褪色的破棉花絮似的。

熊　野　　可是，很漂亮啊。它们满满地沐浴着日光，看起来
　　　　　就像银色的簪子一样。今天，公园里也满是孩子，
　　　　　穿着黄衣服的孩子，穿着绿衣服的孩子。嗳，我能
　　　　　听见，秋千嘎吱嘎吱的声音，正顺着风飘过来啦。

宗　盛　　我的游乐场里的秋千，可比那种寻常货色昂贵得
　　　　　多。一共有二十五架呢。

熊　野　　不少散落的花瓣，掉到了正在荡秋千的孩子的肩
　　　　　头，然后又向下落去。这让孩子们非常高兴；那些
　　　　　没有人照顾的孩子们，花会照顾。

宗　盛　　你怎么满口孩子孩子的。难道你改变了平时的宗
　　　　　旨，开始想要小孩了？

熊　野　　您看，那个小女孩，那就是小时候的我呀。正在拿
　　　　　着从针线盒里偷来的针，像那样把散落的花瓣一
　　　　　片一片地用线穿起来。但是她穿得很慢，花瓣又

很薄，等她用花瓣做成首饰，一定已经是日落时分了。

宗　盛　不如说，还没等首饰做好，花瓣就腐烂啦。

熊　野　在樱花树下的长椅上，坐着一对年轻的情侣。从樱花的穹顶滤过的光辉，让他们的脸颊在彼此眼中变得那样柔和，如果他们拥抱起来，甚至恐怕会直接融合成一体。为了不让这种事情发生，他们只是听着秋千那欢乐的呼喊，听着蜜蜂那嗡嗡的低鸣，久久地凝视着对方。

宗　盛　年轻，再加上穷，他们这样，不是罗曼蒂克，而是无可奈何。

熊　野　哎呀，还以为是花瓣，原来那是蝴蝶！停在男人的黑发上了。如果是被发蜡弄得黏黏糊糊的头发，蝴蝶一定不愿意停上去，那个人的头发一定只涂了一点点香油，才发出宛如自然的原野一般的气味。

宗　盛　那大概是因为男的连便宜发蜡都买不起，所以只能拿女人多余的发油抹在头发上吧。

熊　野　哎呀，女人注意到了蝴蝶，伸出手去……哎呀，蝴蝶飞走了。那只蝴蝶一定是女蝴蝶，即便是在恋爱中盲目的男人的心灵，也会因为一个擦肩而过的女人的脸，留下转瞬即逝的影子。就像这样，那只蝴蝶在年轻男人柔顺的黑发上留下一丁点鳞粉，飞走了。

宗　盛　连一只蝴蝶也要嫉妒，娶了那种老婆的男人的将来

　　　会……我太清楚那种男人了。无法实现野心会带来
　　　空虚，被老婆爱着会带来可悲的自信，他人生的小
　　　筐里会装满这两种东西，最后变成一个窝囊废中的
　　　窝囊废。

熊　野　樱花盛开，真的是非常漂亮。花瓣的影子层层叠
　　　叠，在阳光的普照之下，每一根枝条都像是樱花的
　　　喷泉，正势不可止地喷薄出樱花。而在锦簇花团的
　　　间隙之中，艳美的黑色樱枝依稀可见。

宗　盛　那尽是些可怜的东西。是可怜的、贫弱的花儿。

熊　野　（望向天空）啊，不知什么时候，有那么多
　　　乌云……

宗　盛　（也仰面望向天空）喊，我不是早就说了吗。

熊　野　明明公园那边还是那样风和日丽……哦呀，阴下来
　　　了。樱花迅速失去了色彩，看起来就像葬礼上的
　　　白花。沙坑里出现了点点黑斑。下雨了。我的樱
　　　花，被雨点打湿成了那种样子。（呆呆地望着，哭了
　　　出来）

宗　盛　你怎么哭了，喂？

熊　野　我的樱花被……我的樱花被……

宗　盛　（——停顿）你那么想回去吗？（——停顿）反正也
　　　下雨了……不，反正是阵雨而已……可是，哎，算
　　　了。想回去的话，就快点收拾行李吧。

　　　［熊野和宗盛回到屋里。露台的栏杆收回。］

朝　子　（抱住熊野）熊野，太好啦，太好啦。你可以回

　　　　去啦。我刚才还在想，到底会怎么样呢。真的太好啦。

熊　野　我太高兴了。我觉得，一定要得到明确的许可再回去才行。你懂吧？我可不想钻空子逃走，或者偷偷摸摸地溜回去。

朝　子　这就是所谓的"女人的自尊"呀，熊野。非得这样不可。来，我来帮你收拾行李吧。

　　　　[这时，舞台左侧的门被敲响了。]

宗　盛　进来。

　　　　[门被打开，秘书山田走了进来。]

山　田　（四十岁左右，奴颜婢膝的男人）老板，人带来了。

宗　盛　辛苦了。让她进来吧。

山　田　来，进来吧。都到这里了，就别挣扎了。进来吧。

　　　　[手被山田拽着，熊野的母亲阿政走了进来。她年纪在五十岁左右，身穿和服，身材微胖，精神焕发。看到阿政，熊野和朝子极度惊愕，目瞪口呆。]

宗　盛　（温和地）好啦，熊野，跟你这快要病死的母亲打个招呼吧。

熊　野　（生气）妈妈，你……

阿　政　我明白，你随便发火吧。我也没有办法呀。（一指山田）这位秘书先生特地来到北海道，在确定我活得健康硬朗之后，不由分说地把我带上飞机，一直拽到这里来了。

熊　野　（对宗盛）为什么妈妈会撒这种谎呢？我可是完全

摸不着头脑。明明我为她那么担心。

宗 盛 （对阿政）不要有任何担忧，尽管说吧。我可不是因为器量狭小，想责怪熊野，才把你叫到这儿来的。

阿 政 熊野，我可要全说啦。

熊 野 不管你再怎么拿谎言混淆是非，事实都不会改变。

阿 政 别说那种自暴自弃的话。熊野，虽然暂时会很难过，但在现在这种情况下，还是把实情和盘托出为好。毕竟，老板已经把一切都看穿了。没有男人会喜欢女人撒谎，无论如何，他们喜欢的都是真相。这是我长久的人生经验告诉我的。当然啦，男人对于他们抓住的真相，也会很快厌烦……（对宗盛）我真的没有恶意。我不是那么不知天高地厚，想要欺骗老板。

宗 盛 不要辩解，只说事实就行。

阿 政 那封信，是女儿纠缠不休地求着我写的。她说，她无论如何都想跟过去的恋人薰见上一面。

熊 野 妈妈！你是收了钱才这么说的吧？

阿 政 （无视熊野）薰在自卫队公务缠身，没什么机会到东京来。所以她就借口我生了病，想以看望我的名义，回北海道去……不过呢，熊野又不愿在家乡一直住着，她还会假装万事妥当，再次回到东京，受到您的照顾。（环顾房间）毕竟，谁都舍不得抛弃这样的生活呀。

朝　子　熊野，你振作一点！真正的母亲才不会这么卑鄙地
　　　　背叛自己的女儿呢，不是吗？

熊　野　（暂时陷入沉思，然后，如梦初醒一般）她不是我真
　　　　正的母亲。

宗　盛　你真正的母亲正在家乡重病不起，是吧？

阿　政　你在说什么呀，我就是这孩子的亲生母亲呀。

山　田　（缓缓地从手提包中取出文件，翻阅着）根据这份户
　　　　籍副本，阿政不是熊野的生母。生母在熊野十五岁
　　　　的时候，就已经去世了。

宗　盛　唔，唔。那，薰呢？

山　田　薰的确存在，他在驻扎于千岁 ① 的自卫队服役。根
　　　　据私家侦探社的调查，薰曾经向同袍的朋友这样放
　　　　言道："我的女人在东京给富翁当小妾，以此赚取结
　　　　婚的费用。"

朝　子　宗盛先生，您真了不起呀，真不愧是掌握着日本的
　　　　大人物。

山　田　实际就是如此，不用你讲。

　　　　［所有人陷入沉默。］

宗　盛　好啦，大家都回去吧。我已经了解了事情的真相，
　　　　现在想好好地休息一下。

山　田　（催促阿政）好啦，你的任务已经结束了，可以告
　　　　辞了。

---

① 北海道千岁市，附近有自卫队的基地。

阿　政　　各位，真是打扰了。(与山田一同退场)

朝　子　　熊野，走吧。去我的房间好好地商量一下，然后就
　　　　　可以出发旅行了。(准备先行离开)

熊　野　　(缓缓站起，正要出门，又回过头去，黯然地)再
　　　　　见了。

朝　子　　走吧。(出门，退场)

宗　盛　　(——停顿)熊野。

熊　野　　…………

宗　盛　　我没让你也离开。

熊　野　　(渐渐浮现出微笑)是吗。(背着手把门关上)……
　　　　　是吗。

宗　盛　　你就像刚才那样，坐到那边的床上。(熊野照做)很
　　　　　好。然后，还像刚才那样，摆出悲伤的表情。

熊　野　　(无事可做，无聊地望向露台的方向)雨下得越来越
　　　　　大了。

宗　盛　　(脱去外套，点燃一支新的雪茄)是吗。看起来不是
　　　　　阵雨啊。

熊　野　　下得越来越大了。房间里变暗了……需要我开
　　　　　灯吗?

宗　盛　　这样就好。这样就好。

熊　野　　公园里一定连一个孩子都没有了。也没有了年轻的
　　　　　情侣。也没有了用花瓣做首饰的小女孩。在那里会
　　　　　出现积水，许许多多被弄脏的樱花落进了水洼……
　　　　　被花朵压弯的枝头，受着雨点的敲打，正在不住地

　　　　　摆荡。一定是这样。

宗　盛　你能稍微安静一会吗？

熊　野　好。

　　　　　[——停顿。熊野脱去外套，蹭到宗盛身边。]

熊　野　我就说一句，可以吗？

宗　盛　嗯。

熊　野　请不要相信那种老太婆，请您相信我。

宗　盛　别再提那件蠢事了。

熊　野　……我现在即使不出门旅行也行了。

宗　盛　你留在这儿就好。

熊　野　是，我会留在这儿的。

宗　盛　话说回来，你不能像刚才那样，摆出更加悲伤的表
　　　　　情吗？

熊　野　因为……在高兴的时候，怎么会有那么悲伤的表
　　　　　情呢。

宗　盛　什么事让你这么高兴啊？嗯？熊野？

熊　野　所有的事都解决了。

宗　盛　而且你妈妈还康复了。

熊　野　是啊，已经没有任何烦心的事，像这样跟您在一
　　　　　起，真让我高兴。

　　　　　[——停顿。房间越来越暗。]

熊　野　雨可真大呀。今天不能去赏花，实在太遗憾了。

宗　盛　（熊野抱着宗盛的颈子。宗盛把她的手臂拿下来，握
　　　　　住她的手，稍微离远一点，凝视着女人的脸）不，

我欣赏到了美妙的樱花……我真的是好好地欣赏了
一次樱花。

——幕落——

弱法师

时　间

夏末，从午后到日落

地　点

家庭法院内的一间房间

人　物

俊德

川岛——俊德的养父

川岛夫人——养母

高安——生父

高安夫人——生母

樱间级子——调解委员

[幕布升起，级子坐在舞台中央，舞台右侧坐着川岛夫妇、左侧坐着高安夫妇。短暂的沉默。]

级　子　（年过四十，身着和服的美女）：还真是闷热呀。看看，连电风扇都没有……（所有人都沉默着。级子无可奈何地笑笑）大家知道的，家庭法院这种地方，预算就那么一丁点儿，我虽然挂着调解委员的头衔，但也就是头衔好听而已……（所有人依然沉默。稍过一会）请吧，请说吧。这里可不是吵架的地方啊。

川　岛　真的是……真的是想不到，竟然能这样和俊德的亲生父母见面……已经过了十五年，十五年啦。

川岛夫人　（用手绢一边擦眼泪一边说）养了十五年的孩子，已经跟亲生的一模一样了。

级　子　（看着文件）俊德先生今年是二十岁吧？

[高安夫妇一直看着门口，沉默不语。]

川　岛　是啊……没错。

川岛夫人　回想起来，就像是昨天刚刚发生的一样。我们没有孩子，所以常常在家里谈论：如果有一天要领养一个孩子的话，一定要亲手救起一个最为不幸、沉沦在最为悲惨的境遇中的孩子，然后，把这尘世间的一切快乐全都送给这个孩子。

川　岛　就在战争刚刚结束不久，秋季的夜风开始沁入身体的时候……

级　子　（翻看文件）您在上野的地下通道①里见到了俊德先生，是吧？

川岛夫人　至今还历历在目。一个盲目的小孩，正是天真无邪的年纪，穿着褴褛的衣衫，正在向人乞讨。那孩子就坐在肮脏不整的头目②身旁，坐在污浊不堪的草席上……第一眼看到他，我就产生了这样的念头：这孩子应该来当我们的孩子……虽然眼睛看不见，他却有着秀美的眉宇，面容白皙而高贵。昏暗的地下通道里充满了酸臭的气味，但只有这孩子的周围环绕着光芒，看起来就像王子一样。

川　岛　我向头目支付了合适的价钱，迅速领走了这个孩子。把他带回家，洗完澡之后，他就显露出了浑然天成的美貌。我们先是给他温暖的床铺，温暖的饭菜，这孩子极其自然地接受了；接下来，我们想给他治眼睛，但直到今天也没能成功。在战乱中四处奔逃的时候，他的双眼被火焰烧伤了。

高安夫人　（十分迫切地对级子）请让我快点见到那孩子！

高　安　别急，还是先听人家把话说完吧。

川岛夫人　（对级子）当时孩子还小，什么都不懂，对事情记得也不是很清楚。我们告诉他，他的家在空袭中被烧毁了，亲生父母很可能已经去世了，他是靠了

①　在第二次世界大战刚刚结束的一段时期内，连接上野站和京成上野站的地下通道成为大量难民聚集的场所，难民中包括许多战争孤儿。
②　这里指乞丐的头目，而非高安夫妇。

别人的帮助才活下来的。我们只是觉得他好可怜，好可怜，尽管当时物资匮乏，还是尽一切所能，把他如掌上明珠一般养大。

级　子　从那时到现在，已经过了十五年……俊德先生已经跟二位十分亲近了吧？

川岛夫人　那已经是……

级　子　既没有畏畏缩缩、不敢接近，也没有关系冷淡、绝情疏远，是吧？

川岛夫人　不，正好相反，那孩子相当任性。

川　岛　我说呀，你就把实情直说出来吧。其实呢，在那孩子的性格里，有一部分相当奇怪，我们怎么都不能理解。那是一种犹如坚固的硬壳一样的东西。

高安夫人　（生气）那孩子才不是这样呢。

川　岛　你是不了解。因为你只跟那孩子相处了五年，而且在那五年间，那孩子的眼睛还能看得见。他的这种不可捉摸的性格，是在变盲之后才养成的。

高安夫人　（哭泣）可怜呀！好可怜呀！

高　安　究竟是怎样不能理解，可以请你说得更具体一点吗？

川　岛　实在很难用一句话概括。举个例子吧，比如说，那孩子不会产生感动的心情。哪怕是在听到你们两位亲生父母就要和他见面的时候，他也没有表现出半点感动，在来这里的路上，一直摆着一副穷极无聊的表情。这么说起来，在一些细枝末节的地方，他还会突然激动起来，变得很难应付……

高安夫人　俊德可不是那种孩子。只要让他跟我见上
　　　　一面……

川　岛　我已经说过了，那孩子是盲人。

高安夫人　不，我很清楚，只要给他一次机会，让他听到我
　　　　的声音，他内心的硬壳就会瞬间融解，重新变回原
　　　　来那个老实的孩子。那是因为，啊呀，因为从那时
　　　　到现在的十五年间，我没有一天不在想他。在这
　　　　十五年中，你们两位跟那孩子的身体一起度过，但
　　　　我也跟那孩子的心灵一起，度过了同样的时光……
　　　　我们本来已经当他死了，放弃了，给他举行了葬
　　　　礼，连坟墓都建好了；可是，即便如此，还是无法
　　　　死心。于是我就和丈夫一起，开始逐个检查上野的
　　　　流浪儿童。哎呀，正好就在这时，俊德被你们领回
　　　　了家。我们两人做着那孩子活着的梦和死去的梦，
　　　　这两个梦结合在一起，流逝了十五年的光阴。当我
　　　　们前去扫墓，看到坟墓被百日红的花朵染得赤红，
　　　　就似乎觉得那孩子还活在这世上的什么地方；当我
　　　　们看到上野那些流浪儿童污秽的面庞，又似乎觉
　　　　得，那孩子已经死去了。就犹如一边是阳光普照，
　　　　另一边是阴影笼罩；置身于阴影之中的时候，我们
　　　　会专注地向往阳光，置身于阳光之中的时候，我们
　　　　又会对阴影心生畏怯。就这样，我们根本无法下定
　　　　决心、稳稳当当地待在其中任何一边。哪怕看到飘
　　　　浮在海面上的云朵，我也会产生错觉，觉得自己仿

佛看到了那孩子的样子；哪怕听到隔壁小孩的声音越过篱笆传来，我也会心中一惊，觉得自己仿佛听到了那孩子的声音。如果看到庭院中盛开的鲜花，我会犹豫不决，不知道究竟是该把它们带到坟墓之前，还是该把它们插在花瓶里，放进没有主人的学习房间……这样一来，啊，我该怎么办呢？出于一个偶然的机缘，当我知道那孩子在川岛家受着二位照顾的时候，我真是不知道该怎么办才好！

川　岛　高安女士，你说他"受我们照顾"，这话可不对呀。就算从户籍上说，那孩子也早就是我们家的孩子了。

高安夫人　但是，他的眼睛又看不见，又变成了性格乖僻的怪人，说实话，你们肯定已经把他当成一个想早点撵走的麻烦了吧！

川岛夫人　哎呀，你这是什么话！

川　岛　（对夫人）让我来说吧，反正他们肯定是听不进去的。再说，那孩子早就决定，绝对不会回到所谓的亲生父母身边了。

高　安　你还真是挺自信的啊。

川　岛　当然是有自信的。我直说了吧，那孩子是某种疯子。能忍耐他的疯狂的只有我们，也是因此，我们有资格嘲笑你们两位的这种多愁善感。总而言之，我们两人不断地忍耐着，忍耐着，最后甚至到达了和他一心同体的境界。我们之间的这种纽带有多么

可怕，你们两位绝对无法想象。有好几次，当我们
苦恼到极致的时候，甚至想杀了那孩子……

高安夫人　看吧，孩子果然是遭到虐待啦！

川　岛　那孩子的目盲救了那孩子，也把我们从罪孽中拯救
出来。你们两位一点都不明白。

高安夫人　你敢说那可爱的俊德是疯子！

高　安　他可能是想故意为难咱们吧。

川岛夫人　你们就看吧，看看是不是你们能应付得了的。

高安夫人　你别摆出一副大教育家的样子！

高　安　是你们把那孩子逼得发疯的。

川岛夫人　不，让他发疯的，正是把他抛弃在大火里的你
们。因为你们当时只管自己逃命。

高安夫人　抛弃？！你说抛弃？！

级　子　请安静。大家请不要感情用事。无论如何，这里是
和平的场所，在这里，无论怎样的争端都会化作美
好的微笑。我的手里托着看不见的天平，向双方平
等地分配相应的满足，同时还有相应的无奈。在我
眼中，即使是愤怒的火焰，也只像玛瑙的雕刻一
样，即使是翻滚的激流，也只如水晶的浮雕一般。
任你是纠结缠绕的线球，抑或是攀扯咬合的蔓葛，
无论什么，对我来说，也仅仅是因为扭曲的邪恶魂
灵存在于它们的内部，逼迫它们变成错综复杂的怪
物，呈现在人们面前。那些所谓"内情复杂"的事
件，全都只是纯粹的怪物而已。其实，世界是一个

非常单纯、寂静的场所，至少我是如此相信的。所以，在斗牛场那鲜血淋漓的战斗的中央，我的勇气却像白鸽一样振翅飞降，泰然自若地迈着稚拙的步子，漫步在沙土之上。即使我雪白的翅膀被血污弄脏，那也无妨——因为，血是幻象，战斗也是幻象。尽管各位的心灵被争执搅得波涛激荡，我依然从容不迫地在上面踱步，就像鸽子在海边寺院美丽的屋脊上徜徉……好啦，我觉得，现在正是让各位与当事人本人见面的时机。我现在就把俊德先生领到这里来。

[级子退场。众人充满期待地等待。停顿。]

来吧，俊德先生，请到这里来。

[级子牵着俊德的手登场。俊德身穿剪裁精良的西装，戴着墨镜，手执拐杖。]

高　安
高安夫人⎱俊德！

[两人想要去抱住他。]

级　子　来，请坐在这里。

[级子引导俊德坐在椅子上。这把椅子位于舞台中央，就在级子的椅子旁边。]

在你右手边的二位，就是你的生父和生母。

[俊德一副淡漠的样子。]

高安夫人　（哭泣着说）哎呀，你都长这么大啦！连妈妈的样子也看不到，真可怜啊！真可怜啊！亲爱的，这

　　孩子过于感动，反而呆愣住了。你来摸摸我的手，摸摸我的脸。这样一来，你就会明白，我是你的亲生母亲啊。

　　［高安夫人走到俊德身边，想去拉他的手。俊德却无情地将她的手甩开。高安夫人没有办法，只得归座，哭泣起来。］

高　安　别哭啦。看这样子，肯定是他们把很坏的、先入为主的观念灌输给他啦。只能慢慢地让时间过去，等他内心的硬壳自然消融啦。

川岛夫人　请随意发挥想象力吧。——我说，亲爱的，情况果然跟咱们想的一样。

川　岛　嗯。也罢，就是这样了吧。

级　子　俊德先生，你怎么啦？你的妈妈可是在哭呢。

俊　德　哭了又怎么样？我又看不见。

级　子　但你能听见声音呀。

俊　德　这声音倒是挺怀念的。

高　安　俊德！你终于明白了吗？

俊　德　我明白什么了？我的意思仅仅是，人类的哭声让我挺怀念的。已经很久没有听到过啦。可以说，哭声才像是人类的声音。当这个世界的终结来临的时候，人类会失去语言，只知道哭泣、嚎叫。我的确是曾经听到过一次。

高安夫人　渐渐地想起来了吧，俊德？这的确是你听到过的声音吧？

俊　德　嘿呀，又说起话来了。语言会糟蹋掉一切东西。人类的声音又消失了……真热呀，简直就像在火炉里一样。火焰在我的周围燃烧，环绕着我，一边绕圈，一边舞蹈。是这样吧，樱间女士？

级　子　（微笑）不，因为现在是夏天，而且你整整齐齐地穿着十分绅士的服装。

俊　德　（抚摸着自己的周身各处）这就是世间所谓的领带，所谓的衬衫，所谓的西装吧？尽是一些要求我穿我才穿上的衣服，穿上之后到底是什么样子，我也不是很清楚。这就是世间所谓的衣兜，里面有从火柴盒里掉出来的火柴、零钱、换乘车票、安全别针、没有中奖的彩票、死苍蝇、橡皮的碎屑……这些东西和兜底的残渣一起，不管什么时候都积攒在这个废物口袋里。所有的这一切都可以证明，我穿着西装这件无比安全的制服，日复一日地，忠实地过着循环往复的生活。

高安夫人　这孩子被养得好扭曲啊！他到底在说什么呀？

俊　德　不过呢，樱间女士，对我来说，外观怎么样都无所谓。我所能理解的，只是这种脖子被勒住的感觉，以及内衣被汗沾湿、紧紧地贴在身上的感觉。我的脖子上戴着丝绢的枷锁，身上穿着棉布的拘束衣。没错吧？我是个赤裸的囚犯啊。

川岛夫人　是啊。你是赤裸的囚犯，脖子上戴着枷锁，身上穿着棉布的囚衣。

俊　德　没错。妈妈您一直都理解得很快。

高安夫人　亲爱的，你说这能忍受吗？这孩子还一次都没管我叫过妈妈呢。

俊　德　如果想让我喊妈妈，就必须同意我的话才行。我是赤裸的囚犯，脖子上还戴着枷锁。

高安夫人　你在说什么呀，你身上穿的是漂亮的西装啊。

俊　德　看吧，你简直没有一点资格。爸爸，我是赤裸的囚犯。

川　岛　当然啦，你是赤裸的囚犯。

俊　德　高安爸爸！

高　安　（略微踌躇）是的，你是赤裸的囚犯。

高安夫人　（赶紧接上去）是赤裸的囚犯，是赤裸的囚犯！一点都没错。

俊　德　（狂笑不止，甚至笑出了眼泪）哈哈哈，这样一来，我这两对父母终于一模一样啦。

　　　　　〔反常的沉默。〕

级　子　让我们进入正题吧。首先从川岛先生和夫人开始……

俊　德　樱间女士，你为什么要说话啊？为什么要使用语言啊？你闭嘴也行，哭也行。你那动人的声音用来说出语言，实在是太糟蹋啦。

级　子　但是……

俊　德　但是什么？我可不想听那种借口。你想用什么来让我接受呢？是语言吗？那种东西就像雾霭一样虚无缥缈。是眼睛能看见的什么东西吗？我可是盲人啊。是手能摸到的什么东西吗？手能摸到的东西，全都只是凹凸而已。就连人类的脸，也只是凹凸而已。

川岛夫人　（习惯性地附和）真是这样！人类的脸只不过是凹凸而已。

俊　德　光芒正从我身体的中心向四面八方发散出去。你们能看到吧？

川岛夫人　当然能看见。

高安夫人　（急忙地）当然能看见。

俊　德　很好。你们长着眼睛，就是为了这件事。就是为了看到这光芒。如果不是为了这个的话，眼睛这种东西，随便找个地方扔了好了。

高安夫人　（小声对丈夫）真是可怜啊！他肯定时时刻刻都在想眼睛的事情。太可怜了！

俊　德　（可怕地、突然地站起来）你在那儿胡说八道什么呢！给我闭嘴！（所有人就像被狠狠地重击了似的，沉默不语。俊德重新坐下）……听着，你们的眼睛只是为了这件事而存在的。在你们的眼睛上，有一种所谓的义务。我要求你们看什么，你们就有义务看到什么。这是赋予它们的义务。在那一刻，你们的眼睛第一次变成了一种高尚的器官，它们为了代替我的眼睛而存在着。比如说，如果我要看到巨大的、黄金色的大象在蓝天的正中央成行成列、缓步前行，你们就必须得当场看到。从大楼十二层的一扇窗户那里，一朵巨大的黄色蔷薇一跃而出。深夜，打开冰箱的盖子，发现里面蹲着一匹有翼的白马。楔形文字的打字机。香炉中央绿意盎然的无人岛……这些奇迹——无论是怎样的奇迹——你们都必须得立即看到。看不到的话，就把眼睛弄瞎好了……话说回来，你们能看到从我身体的中心向四面八方发散出去的光芒吧？

川　岛　当然能看见。

高　安　嗯……嗯……我也能看见。

俊　德　（悲哀地捂住脸）啊，我根本没有形状。即使像这样抚摸自己的身体、抚摸自己的脸庞，无论在哪里，我摸到的也只是凹凸。这绝不是我的形状。这些凹凸，仅仅是遍布地球表面的凹凸的延续而已。

高安夫人　俊德！

俊　德　不过，我虽然没有形状，可我是光，是透明形体中的光。

川　岛　没错，你就是光。

俊　德　（拉开西服的前襟）你们好好看看，这光就是我的灵魂。

高安夫人　你说，是你的灵魂？

俊　德　跟你们不一样，我的灵魂赤条条地纵横行走在这个世界上。你们能看到我向四面八方放射的光芒吧？这光芒能烧灼人的身体，但我的心灵也永不停歇地被它焚炙着。啊，像这样赤裸地生活着，实在是辛苦。实在是辛苦。因为，我赤裸的程度是你们的一亿倍啊……喂，樱间女士，说不定，我已经变成星星了。

川岛夫妇
高安夫妇　你就是星星。

俊　德　是啊，我是远在几十光年之外的星星。如果不是这样的话，如果我的光芒的源头不在那么遥远的地方的话，为什么我还能安安稳稳地住在这里呢？毕竟，这个世界已经终结了。

高安夫人　你说什么？

俊　德　因为这个世界已经终结了。明白吗？如果你不是幽灵，那这个世界就是幽灵。如果这个世界不是幽灵，（突然指向高安夫人）那你就是幽灵。

高安夫人　啊！（几乎要摔倒，被高安扶住）这孩子到底是疯了。

高　安　坚持住！要是连你也疯了，那就完蛋啦。

川　岛　所以呀，我都说了吧，他是个疯子。现在这样，还算是比较清醒的呢。我们与其说是成了他的双亲，不如说是成了他的好朋友。

川岛夫人　不管怎么说，你们现在明白了吧。你们两位根本没有办法应付这孩子。

俊　德　给我根烟。跟你们说得太激动，嘴里都要长苔藓了。

川　岛　（走近，打开烟盒）来吧，随便拿。

俊　德　您总是为了我，在烟盒里摆满了各种香烟。樱间女
　　　　士，你看，我用手摸就能知道香烟的牌子。（拈起
　　　　一根）这根，是骆驼牌的吧？

川　岛　是啊。

俊　德　这根……是海军切片①吧。就它了。
　　　　〔川岛用打火机给俊德点烟。〕

高　安　（对夫人）看看，他这模样，完全是个正常人，一
　　　　副有钱人家的阔少爷的样子。（对俊德）你喜欢英
　　　　国烟？

俊　德　嗯。

高　安　下回买给你。

俊　德　嗯，谢谢。当我抽烟的时候，抽烟的这段时间，就
　　　　是完全为了香烟而存在的。

川　岛　就是说，能坦然地接受了。

俊　德　是啊，我能平静地去坐地铁、去百货公司买东西。
　　　　我不想对别人的日常生活评头论足，只不过，对那
　　　　些明眼人来说，有一件事很不幸，那就是他们能活
　　　　灵活现地看到自己日常生活的景象。我很幸运，我
　　　　只是看不到那些景象而已。看不到那些景象才好。
　　　　否则的话，我的表情肯定会变得特别可怕……我能
　　　　平静地给院子里的花草浇水，开动割草机修剪草

———————————

① 海军切片（Navy Cut），英国烟草公司 JPS 旗下的香烟品牌。

坪。我可以不看那些恐怖的事情，同时还做这些
事！你们说，在已经终结的世界里还会有花朵开
放，这难道不恐怖吗？在已经终结的世界里还可以
给土地浇水，这……

川岛夫人　是啊，真是恐怖啊。

川　岛　我们都是在这种恐怖中生活的啊。

俊　德　但你们根本没有意识到这种恐怖，活得就像尸体
一样。

川　岛　是啊，我们都是尸体。

川岛夫人　我也是尸体。

高安夫人　说什么尸体，真是不吉利！

高　安　好啦好啦，你不理解。

俊　德　除此之外，你们还都是胆小鬼。是虫豸。

川岛夫人　是胆小鬼。

川　岛　是虫豸。

高安夫人　你们对孩子溺爱得也太过分了。怎么能说自己的
父母是虫豸呢。

高　安　你要是想叫俊德回来，也只能变成虫豸了。

高安夫人　（下了极大的决心）那，我也是虫豸。但你得喊我
妈妈。

俊　德　（毫无感情地）妈妈……虫豸……

高安夫人　你终于管我叫妈妈了！

高　安　那后面还跟着"虫豸"呢。

俊　德　你们都是些白痴、糊涂虫！

[片刻的踌躇。停顿。]

川岛夫妇
高安夫妇 } 我们都是白痴、糊涂虫。

[一片沉默，停顿。舞台正面的大窗逐渐被夕阳染红。俊德一个人仿佛非常享受地抽着烟。]

级　子　　虽然这可能全怪我的能力不足，但总不能一直这样僵持下去呀。现在已经非常清楚，无论是川岛先生和夫人，还是高安先生和夫人，都拥有特别出色的作为父母的资格。各位都满怀着深厚的父爱或母爱，连我都看得热泪盈眶。但是，十分可惜，现在只能算作双方平分秋色；交到俊德先生手里的天平，并未倾斜向各位中的任何一方。作为调解委员，我建议，现在最好请各位到另一个房间等候，由我在这里和俊德先生促膝长谈。请问各位意下如何？（两对夫妇点头）那，就请往这边走……

[两对夫妇去往别的房间，退场。级子一直目送他们走出房门。川岛夫人再次登场，把级子拉到舞台边缘。]

川岛夫人　您可能心里有数，那孩子很危险。非常危险。请千万要注意那孩子带着的毒素。

级　子　　您指什么？

川岛夫人　（嫣然一笑）具体是什么……我也说不好。只是出于经验，提醒您一下。

[川岛夫人退场。级子走向舞台正面的窗户。]

俊　德　　大家都走了吧。

级　子　　是啊。

俊　德　　（冷笑）……嘿嘿，被你巧妙地撵走了。

级　子　　你的父母对你情深意切，可不能这么说他们啊。无
　　　　　论哪一边，他们都是发自内心地爱着你的。

俊　德　　我的养父母早就成了我的奴隶，至于亲生父母呢，
　　　　　他们真是无可救药的白痴啊。

级　子　　你可不能这么说话。

俊　德　　他们都拿我无计可施吧？因为我根本没有形状啊。

级　子　　形状是很重要的。因为，你的形状不是属于你本人
　　　　　的东西，而是属于世间的东西。

俊　德　　就是说，你也觉得我的形状是个问题？

级　子　　是啊。因为，眼睛能看见的人，只能根据自己所见
　　　　　的形状来判断。

俊　德　　但我又看不见你，真是不公平啊。据川岛妈妈说，
　　　　　你长得很漂亮。

级　子　　哪里的话，我已经是个大妈啦。

俊　德　　（非常激动地站起）年龄又怎么啦！说什么年龄！
　　　　　所谓的年龄，无非是一条漆黑无光的道路，既看不
　　　　　到自己的起点，也看不到道路的终点。所以，在这
　　　　　条道路上没有距离可言，停步不前和提脚赶路没有
　　　　　区别，前进和后退也没有区别。明眼人在这里也会
　　　　　变成盲人，活着的人在这里也会变成死人。他们
　　　　　只不过是跟我一样，依赖手里的拐杖，试探着迈出

脚步，这样彷徨着而已。无论是婴儿、老人还是青年，最终都只不过是在同一个地方，紧紧地互相依靠着身体而已——就像在夜晚的朽木上悄悄地麇集成一团的虫子……

级　子　听你这么一说，我鼓起勇气了。世间只会通过年龄来看待人，特别是看待女人。

俊　德　因为明眼人的眼睛只能看见形状。

级　子　（向窗外眺望）哎呀，好美的晚霞啊！

俊　德　太阳落山了吧？

级　子　落日的余晖填满了整面窗户，仿佛正在翩翩起舞。

俊　德　你现在看着的窗户，是往东开的吧？太阳现在正在往东边沉落下去吧？

级　子　你在说什么啊。太阳是往西沉的呀，窗户下面的后门正好朝西，我能看到，隔着宽广的马路，在对面的公园里，森林的树梢上，太阳正在落下。拜公园所赐，这一片天空十分宽广，使我能尽情地饱览眼前的夕阳景象。

俊　德　所以我说，太阳是往东沉的。你刚才提到西门？这古旧的西门，正好开往地狱东门的方向。那扇人眼不可见的东门，正从夕阳的彼方面向这里，把黑洞洞的嘴大大地张开。它的门前被打扫得干干净净，铺着黑色的沙子，无论何时，都等着新客人的脚掌来把这沙子踩踏。

级　子　你开的这些玩笑真是吓人。嗳，现在，公园里的路灯一盏不少，全都亮了起来。天空就像熊熊燃烧的火炉，把森林的苍翠照耀得格外明亮。就连来来往往的汽车的车窗，也被夕阳染上了鲜艳的红装。即便如此，这一列路灯还是心惊胆战地闪烁着光芒，就像未经打磨的蓝色宝石一样。

俊　德　（第一次面向窗户）我也能看见。

级　子　咦？你……眼睛能看见吗？

俊　德　我能看见那鲜红的天空。

级　子　我说呀！你的眼睛能看见？为什么以前都不说……

俊　德　我只能看见天空而已。清清楚楚，巨细靡遗。

级　子　哎呀……

俊　德　你以为那是夕阳，你以为那是晚霞？你错了，那正是这个世界终结的景象。（站起来，走到级子身边，用手抓住她的肩头）听好了，那可不是什么夕阳！

〔级子恐惧地把他的手从自己的肩头挥开。俊德站在窗前，面向观众说话。少顷，级子转过身，背对观众，凝视着窗户。窗外的红色愈发诡异地鲜艳起来。〕

　　我的确看见了这个世界的终结。我五岁的时候，正值战争的最后一年，我看到了最后的火焰，就是那火焰烧伤了我的双眼；自那以来，这个世界终结的火焰就不绝地燃烧在我的眼前。曾经有许多次，我就像你一样，试图把这当成宁静的落日风景，但那都是徒劳。因为，我所看见的，的确是这个世界被火焰笼罩的景象。

看啊，千百的火焰从空中飞降，点燃了每一间住家。大厦的每一扇窗户都喷出烈焰，这一切都被我清楚地看见。火焰的微粒充斥着天空。低垂的云层被染成恶意的葡萄色，倒映在被火海照得赤红的河面。庞大铁桥的剪影如绘画般鲜明。巨大的树木被火焰吞噬，树梢纵情地播撒着细小的火星；燃烧的树木随风摇摆，看上去是那样悲壮。无论是小树，还是矮竹的茂丛，全都佩戴着火的纹章。每一个角落都佩着火的纹章，镶着火的饰边，活泼地跃动。世界古怪地寂静着。虽然寂静，却像寺庙的大钟内部那样，唯一的呻吟不断回响，又从四面八方传来回声。那是一种奇妙的、呻吟似的声音，仿佛所有人都在一齐念诵经文。你道那是什么？那是什么？樱间女士，那不是语言，也不是歌唱，而是人类凄惨的哭嚎。

我从未听到过如此令人怀念的声音。从未听到过如此真挚的声音。只有在这个世界终结的时候，才能听到人类发出这样真挚的声音。

你看见了吗？看见了吧？到处都有人类在燃烧。在塌毁的房梁和石材下，在被火焰困住的房间中，所有的地方都有人类在燃烧。遍地倒卧着赤裸的、玫瑰色的尸体。那玫瑰色的尸体，就像是因为太过羞耻而死去的一样；罂粟色的尸体，还有如同陷入极度后悔一般的乌黑的尸体，以及各种颜色的尸体，所有的尸体都赤裸着……对啦，河里也满是人类。我看见了河流，河面已经无法倒映出任何景象，飘浮的人类挤挤挨挨地堆在河面上，正在缓缓地朝大海的方向蠕动——朝那上方低垂着葡萄色云层的大海蠕动。

　　无论在什么地方，火焰都陆陆续续地紧逼过来。火不是逼近过来了吗？你看不见吗？樱间女士，你看不见火吗？（跑到房间中央）所有的地方都有火呀。东边有，西边有，南边和北边也有。火焰的墙壁静静地在远方矗立。从那火墙里，有小火苗过来了。它甩弄着温柔的头发，猛地向我飞来，就像在戏弄我一般，围着我不停绕圈。然后，它停在我的面前，似乎要窥探进我的眼睛。不行了，那火！飞进了我的眼睛……

［俊德喊着，用双手捂住眼睛，倒下。］

［级子转过身来，愣了片刻，急忙跑到俊德身边，跪下，扶他起来。这时，窗外的晚霞开始迅速褪色。］

级　子　醒一醒，俊德先生，醒一醒！

俊　德　（终于清醒过来）我看见了这个世界的终结。喂，你也看见了吧，樱间女士？

［久久的停顿。］

级　子　（踌躇之后，下定决心）不，我没看见。

俊　德　骗人。你是在假装没看见。

级　子　（温柔地）不，我真的没看见。我只看见了晚霞。

俊　德　你撒谎。

级　子　我是不会撒谎的。

俊　德　（猛地把她的手甩开）滚一边去！我讨厌只会撒谎的
　　　　女人。快给我滚一边去！

级　子　（静静地站起来）我就在这里。

俊　德　我都说滚一边去了！恶心的女人！

级　子　不。

俊　德　我说你恶心，你没听见吗？

级　子　但我还是要在这里。

俊　德　为什么？

级　子　……因为，我有点喜欢上你了。

俊　德　（——停顿）你是想从我这里，把这个世界终结的
　　　　景象夺走吧？

级　子　是啊，这就是我的任务。

俊　德　没有那景象，我就活不下去了。你明知如此，也要
　　　　夺走它吗？

级　子　是啊。

俊　德　那，我去死也可以吗？

级　子　（微笑）你已经死去了。

俊　德　你是个讨厌的女人。真是个讨厌的女人。

级　子　尽管如此，我还是在这里。如果你想让我离开……
　　　　那，我就告诉你吧。你只要向我拜托一件无聊的小
　　　　事就行，一件跟这个世界的终结以及火焰之海没有

　　　　　　任何关系的事。

俊　德　你想离开吗?

级　子　不,我会一直留在你的身旁。

俊　德　只要拜托你做一件无聊的事就行?

级　子　对。

俊　德　把手给我。

级　子　(把手给他)这样?

俊　德　你的手真柔软啊。我还以为你是个受过更多苦难
　　　　　　的人。

级　子　是啊,我不知道什么叫苦难——和你相比的话。

俊　德　(自豪地微笑)那,我拜托你一件事情可以吗? 就
　　　　　　像对仆人一样?

级　子　请你说,就像对姐姐一样。

俊　德　呵呵,我肚子饿了。

级　子　是呀,毕竟已经这么晚了。

俊　德　能给我弄点吃的吗?

级　子　现在只有小饭馆卖的饭菜。如果可以的话……

俊　德　什么都行,做得快的就行。

级　子　好啊,交给我吧。(牵着俊德的手,领他坐回到原来
　　　　　　的椅子上。房间里已经很昏暗了)你在这里安安分
　　　　　　分地等一会儿。

俊　德　好。

　　　　　　[级子走向和刚才两对夫妇退场时不同的另一扇门,
　　　　　　要从这扇门里离去。她打开门口的电灯开关,屋内

顿时一片明亮。]

级　子　你在这儿等我，我很快就回来。

俊　德　好。（级子向他微笑一下，准备离去）……喂……

级　子　嗯？

俊　德　我呀……也不知道为什么，不管是谁，都会爱我。
　　　　　［级子向他微笑，退场。在明亮的房间中，只剩俊德
　　　　　一个人孤零零地坐着。］
　　　　　——幕落——

作品解题

玖羽

　　三岛由纪夫早在少年时代就对日本古典戏剧产生了浓厚的兴趣。13 岁的时候，他的外祖母带他观看了能剧，祖母带他观看了歌舞伎；在剧场中体验到的"言语的优雅"使三岛大为倾心，从此，对这两种戏剧的热爱贯穿了他的一生。恰如三岛本人所述："能剧一直是我的文学作品中的一股暗流。"① 能剧的典故、场景，特别是来自能剧的美学观念在他的作品中随处可见。

　　不仅如此，三岛还以能剧为蓝本，撰写了一系列以现代日本为舞台的戏剧。从 1950 到 1955 年发表的五部戏剧（《邯郸》《绫鼓》《卒塔婆小町》《葵上》《班女》）于 1956 年以《近代能乐集》之名结集出版 ②，在这一版本的后记中，三岛写道："这几年来，我养成了一有空闲就浏览《谣曲全集》的习惯，但是，适合现代化改编的只有这五篇。我不得不认为，这五篇已经把所有的种子都耗尽了。"③ 然而，从 1957 年到 1962 年，他又发表了四部同类戏剧（《道成寺》《熊野》《弱法师》《源氏供养》）。1968 年，除《源氏供养》外的八

---

① 三岛由纪夫，《日本的古典与我》(『日本の古典と私』, 1968)。
② 唐纳德·基恩的英译本 *Five Modern Noh Plays*，以及后来的法语译本和意大利语译本同样只选取了这五篇。
③ 三岛由纪夫，《〈近代能乐集〉后记》(『「近代能楽集」あとがき』, 1956)。

部戏剧以文库版的形式出版，就是现在的这本《近代能乐集》①。

在日本，对能剧进行现代化改编的尝试可以追溯到郡虎彦（1890—1924），他的《道成寺》等戏剧的确对三岛造成了不可忽视的影响。不过，郡虎彦仅仅是用现代戏剧的形式重现能剧的情节，他的改编与原作的精神已经没有什么共通之处。另一方面，从古至今，日本能剧界一直在根据当代题材创作新的能剧，但正如唐纳德·基恩所评价的："这种能剧只不过是世阿弥式的词句和口吻的大杂烩，不消说，三岛所作的，绝不是这种拟古剧。"②

作为这部戏剧集标题的"近代"，在日语中的含义其实相当于汉语的"现代"。更加确切地说，这里的"近代"特指"战后的现代日本"。这些戏剧乃是基于这样一个概念创作的：假如能剧的背景换成三岛生活的"现代"，它们的故事会怎样发展？——用三岛的话来讲："乍一看去，诠释与原作截然相反，但这是由于在生活中感受到的情感截然相反的缘故。如果谣曲的作者生活在现代，大概也会采用这种方式来展开主题。"③

那么，对三岛来说，他在生活中感到的是怎样一种感情？对这个问题的回答，从他的改编中可以窥见一斑：举例

---

① 三岛并未将发表于1962年的《源氏供养》收入《近代能乐集》中，其后更是在1970年5月宣布该剧"废曲"。由于版权问题，本书同样不收录此剧。
② 唐纳德·基恩，《解说》，收录文库版《近代能乐集》（1968）。
③ 三岛由纪夫，《作者的话——邯郸笔记》（『作者の言葉——邯郸覚書』，1951）。

而言，佛教意义上的救赎和解脱，是传统能剧中的关键要素之一，由于中世日本极重佛教，很多能剧都具有强烈的佛教色彩（甚至有些根本就是僧侣撰写的传教剧）。然而，《近代能乐集》却有一个贯穿始终的重大改动：如果原剧的结尾涉及佛教意义上的拯救，则一律删除或颠覆。中世纪的能剧作者们追求着"彼岸的拯救"，但在"战后的现代日本"，却不存在什么"彼岸的拯救"。

正如读者所看到的，三岛会尽可能地保留能剧原作的框架，在意境上呼应原作，但这些作品的核心概念完全出自三岛自身。《近代能乐集》中表达的情感，正是三岛在他所处的世界里感受到的情感："就算说所有人都一个不剩地落入了地狱，也不为过——这就是被称为'现代'的这个时代。"[1]

从广义上说，任何一部作品都是作者的内心世界的产物。但是，总有那么一些作品会比其他作品更多地反映出作者的美学和哲学、人生观和世界观，通过它们，读者可以更加便捷、深入地探索作者的心灵。《近代能乐集》中的戏剧就属于这样的作品。

《邯郸》

最初发表于《人类》1950 年 10 月号。

《邯郸》是当时年仅 25 岁的三岛用能剧改编戏剧的第一

----

[1] 三岛由纪夫，《不合时令的猎人——堂本正树》（『季節はずれの猟人——堂本正樹氏のこと』，1962）。

次尝试，它同时也奠定了《近代能乐集》的基调。能剧《邯郸》取材于中国"邯郸之枕"的故事[1]；在能剧中，主角卢生追求的不是兴盛显达，而是佛教意义上的拯救。他在梦里并非位极人臣，更未经历官场的跌宕起伏，而是直接身登帝位，做了"黄粱一枕邯郸梦"，体会到现世的虚幻，最终获得了开悟和解脱。正如前述，三岛把这个宣扬佛教的结局完全颠覆了。

虽说三岛的改编是"仅仅抽出能剧的形而上学式的主题，为它穿上现代的衣服，活用它那充满幻想的氛围和自由的场景转换等长处，让这出新剧变成一道奇妙的新菜，提供给观众"[2]，但在具体的细节上，很多时候，三岛与其说是在"改编"原作，不如说是在"戏拟"原作。他对原作的某些呼应带有一种冰冷而黑暗的幽默感。例如，在能剧《邯郸》中，卢生在梦里成了皇帝，于是在本作中，次郎就"对应地"成了独裁者。最后，"邯郸之枕"的精灵们向次郎献上毒药，一如他们当年向卢生献上长生不老药——在这里，三岛表达了隐晦的讽刺：能剧中卢生最后服下的，真的是"长生不老药"吗？

同样地，虽然本作看似有一个积极的结局（一部分评论者也这样认为），但这只是假象。三岛笔下的精灵们显得相

---

[1] 此故事虽然出自唐代沈既济的《枕中记》，但能剧作者所依据的主要是 14 世纪的物语著作《太平记》（卷二十五）的转述，以及当时业已在日本民间普及的口传"邯郸"故事。

[2] 三岛由纪夫，《上演的我的作品——〈葵上〉与〈没有什么比免费的更贵〉》（『上演される私の作品——「葵上」と「只ほど高いものはない」』，1955）。

当愚昧：他们一味地认为，只要执行相同的流程，就能让人
"悟到世界的虚幻"，全然不顾次郎从一开始就"明白"世界
是虚幻的。面对俗世的荣华富贵，卢生一时沉浸其中，但次
郎却将这些称为"肥皂泡"，轻蔑地抛诸脑后。毕竟，（借用
《弱法师》中俊德的台词来说，）"这个世界已经终结了"。

　　进一步说，在25岁的三岛由纪夫笔下，虽然次郎口口
声声表示"世界是虚幻的"，但这却绝非原作中卢生的"大
彻大悟"，而只是一种发牢骚似的对世界的反抗罢了。他拒
绝服毒，说自己"想活"，但他并没有想清楚自己到底"为
什么想活"。最后，他投身于菊的世界，那也绝不是一个
"两人从此幸福地生活在一起"的结局：次郎想要留在其中
的，乃是十年前的那个童年时代的世界，而他会留在这里，
也只是因为菊为他保留了这个遁世之所。归根结底，次郎的
选择，只是从自己厌恶的世界——"战后的现代日本"——
逃离而已。

《绫鼓》

　　最初发表于《中央公论》1951年1月号。
　　能剧《绫鼓》讲述了高贵的美女折磨年迈且地位低下的
爱慕者，最终惨遭报应的故事：一位在皇宫中的桂池边扫地
的老人爱上了一位女御（天皇的妃子），女御得知后，派人
将一面以绫做鼓面的鼓挂在池边的桂树上，并称，只要自己
听到鼓声，便会来与老人相会；老人拼命敲鼓，但绫鼓不可

能发出鼓声。最终，老人绝望地投池（影射"恋爱的深渊"）而死。老人死后，女御心中不安，前来池边查看。死去的老人化作怨灵，从池中出现，可怕地折磨女御，述说自己的怨恨，最后又回到池中。

同时，本剧还在一定程度上取材于能剧《恋重荷》。《恋重荷》实际上就是《绫鼓》的改编，内容也是女御折磨一位对自己产生非分之想的老人，折磨的方式是让老人搬重物（影射"恋爱的重荷"）绕庭院百次、千次。在过去的舞台上，还会有这样的演出：老人生前根本不可能搬动的重物，死后的怨灵却能轻易搬动。三岛将这两部能剧的内容融合到了一起。

堂本正树①曾经指出，在三岛的年轻时代，东京高达九成的能剧演出都属于观世流，但《绫鼓》却是宝生流和金刚流的剧目。因此，当时的三岛不可能看过《绫鼓》的演出，他必定是完全根据能剧的剧本创作本剧的②。出于这个原因，和《近代能乐集》中的其他作品相比，本剧的文学色彩似乎略强一些。

此外，本剧的舞台布置是在模仿歌舞伎《妹背山妇女庭训》中的"吉野川之场"。③这场歌舞伎的舞台同样是分列左右的两个房间，中间由吉野川相隔，两个房间分别代表两个

---

① 堂本正树（1933—　），日本剧作家、戏剧导演、戏剧评论家，与三岛私交甚密，排演过三岛的许多戏剧。
② 堂本正树，《剧人三岛由纪夫》（1994）。
③ 三岛由纪夫，《〈绫鼓〉笔记》（『「綾の鼓」覚書』，1958）。

对立的家族、阵营，乃至性别，房间中的角色会隔空交谈。从这里，也可以看到歌舞伎对三岛的影响。

本剧舞台上的两个房间，以及房间中的两位主要角色——岩吉和华子，同样拥有悬殊对立的氛围。对此，三岛表示："在西欧的戏剧中，登场人物当然会发生性格上的对立，但在能剧中，登场人物却会身处不同的世界，他们所在的整个次元都会互相对立。有时，这种对立甚至会在主角一个人的内心中显示出来。我对此颇感兴趣。"①

毋宁说，正是因为这种对立如此悬殊，岩吉对华子的憧憬才如此强烈。然而，岩吉其实对真正的华子一无所知，他心目中华子的形象，完全出于自己的想象。他所爱慕的，仅仅是他的幻想，而不是真正的华子——换句话说，也就是一种自恋。岩吉在剧中说："所谓的恋爱（中略），是以自己的丑陋之镜，去映照对方。"然而，正如三岛特意指出的：

> 本剧最重要的台词，就是华子在落幕时所说的"明明你再敲一下，我就能听见了"。美女的傲气和心气全部集中在这里；华子在说出这句台词的时候，心中期待的，乃是恋爱所承诺的、超出整个世界之上的事物。恋爱把一切都献给了她，但华子还想再多要一点。在她的这种傲气面前，岩吉的亡灵也只好抱着万般的怨恨，败退而去了。②

---

① 三岛由纪夫，前揭书。
② 三岛由纪夫，《关于〈绫鼓〉》(『「綾の鼓」について』，1962）。

《卒塔婆小町》

　　最初发表于《群像》1952 年 1 月号。

　　在能剧中，有所谓的"七小町"，即以平安时代的美女歌人小野小町为主角的七部能剧。然而，这七部中的六部表现的都是小町年老色衰时的景况；《卒塔婆小町》就是这六部之一，同时也是"七小町"中最为知名的一部。

　　能剧《卒塔婆小町》的情节大致如下：日落时分，一名高野山的僧人在京都郊外看到一个乞丐老太婆坐在木制的卒塔婆上歇息，以其不敬，出言制止，不料老太婆精通佛法，反而驳倒了僧人。僧人大惊，询问老太婆的名字，老太婆称，自己就是年老后的小町。小町感叹着自身的境遇，渐渐发狂，被深草少将的怨灵附体。当年，年轻貌美的小町要求深草少将连续访问自己百夜，才能答应他的求爱，但深草少将访问九十九夜后，在最后一夜身亡，因此将怨念留在世间。深草少将的怨灵诉说怨恨之后，小町苏醒，决定遁入佛道。

　　三岛对《卒塔婆小町》的改编大获成功。本剧历来广受好评，至今仍时常上演，甚至被唐纳德·基恩称为"日本新剧的最高峰之一"[1]。关于本剧的主题，三岛曾明确地解读道：

　　　　关于主题……作者将自身作为艺术家的决心用富含诗意的方式进行表白，这一点与《邯郸》是异曲同工

---

[1] 唐纳德·基恩，《解说》。

的。换言之，依作者拙见，走上艺术家道路的人，应当暂且在自己的心中杀死犹如剧中的诗人那般的青春，去追求犹如九十九岁的小町那般不屈而永恒的青春。①

　　小町是"超越了生的生"，是"形而上学式的生"的象征。诗人是"肉感的生"，是"与现实一同流转的生"的象征。小町身上的悲剧，乃是她"绝不会失败"；而在诗人身上，则有着浪漫主义式的"向悲剧而去的意志"。这种误解、好奇与侮慢混合成了两人互相之间的憧憬，他们的接触就基于这种憧憬展开。②

年龄、精神、理念……在各个方面，小町与诗人都是对立的存在，但与此同时，他们又怀有对彼此的憧憬。对于究竟什么是"诗人那般的青春"，什么是"九十九岁的小町那般不屈而永恒的青春"，以及诗人的死亡究竟有着怎样的含义，评论者们观点不一。只不过，从感性上说，诗人"向悲剧而去的意志"充盈着得到彻底精炼的、高度纯粹的美，在面对这种美的时候，即便是身负"绝不会失败"这一悲剧的小町，也不免受到深深的震撼。

顺带一提，三岛的祖母平冈夏子在少女时代，曾被送到有栖川宫炽仁亲王的宅邸里担任侍女（1888—1893），理论上有机会见证鹿鸣馆时代的末期，至少很可能目睹甚至参加过

---

① 三岛由纪夫，《卒塔婆小町笔记》（『卒塔婆小町覚書』，1952）。

② 三岛由纪夫，《卒塔婆小町演出笔记》（『卒塔婆小町演出覚書』，1953）。

过有栖川宫府中举办的鹿鸣馆式舞会。在三岛童年时期与祖母度过的阴郁岁月里，这些回忆自然被祖母灌输给了三岛，从而在三岛心中培养起了对鹿鸣馆时代的深深憧憬。[①] 本剧就是三岛"鹿鸣馆情结"的一个例子。在本剧发表的五年之后，三岛更是直接以鹿鸣馆时代为背景，创作了著名的四幕戏剧《鹿鸣馆》。

《葵上》

最初发表于《新潮》1954 年 1 月号。

能剧《葵上》取材于《源氏物语》的第九卷《葵》：在贺茂祭上，光源氏的情人六条御息所微服出游，其随从与光源氏的正室葵之上的随从为争适合停车观赏之处，发生冲突，六条御息所乘坐的牛车被打坏，令她深感屈辱。六条御息所本已因光源氏对自己变得冷淡而嫉妒葵之上，受此事打击，更是开始在无意识中魂魄出窍（即产生怨灵），祸祟怀有身孕的葵之上，最终导致葵之上在生产后去世。

被改编成能剧的《葵上》虽然保留了原作的情节和背景，但主旨已和原作完全不同。全剧着重表现六条御息所的情感，剧情则非常简单，只是让六条御息所的怨灵登场后述说自己的悲哀、嫉妒和愤怒，化身成厉鬼折磨葵之上，最后被僧侣的祈祷击败。

---

① 村松刚，《三岛由纪夫的世界》(1990)。

《葵上》是以恐怖氛围闻名的能剧之一，与《道成寺》《安达原》并列为"三般若"（三部最有名的使用"般若"面具的能剧）。在暗夜中的垂死者床边，怨灵诉说着自己的怨恨和嫉妒，虐打重病的情敌，全身被嗔恚之火焚烧，最终在众目睽睽之下化身成可怕的鬼女"般若"……这一切，对中世日本的能剧观众来说必定是分外地栩栩如生，充满了强烈的冲击。

和《近代能乐集》中的其他作品相比，无论是在剧情上，还是在意境上，三岛对《葵上》的改编都相当忠实于原作，没有进行根本性的颠覆。三岛自称："（在当时创作的四部能剧改编中，）本剧是我最满意的作品。剧中含有惊悚剧的元素，主题也不是那么哲学化，观众应该会比较容易接受。但是，六条御息所的定位毕竟还是很重要，不可把它当成廉价的嫉妒怨念剧。"①

值得注意的是，在能剧原作中，光源氏并未登场，也根本没有演员扮演葵之上，卧病在床的葵之上由铺在地上的一件小袖代表。但是，本剧中的葵却需要一名演员扮演，在剧中，这名角色除了结尾处的呻吟和突然死亡之外，没有任何戏份；与此同时，和光源氏对应的若林光也以主角的身份出现在舞台上。

正如读者能够料到的，"光"是贯穿本剧的一个双关语。若林光在名叫"光"的同时，也是剧中人物苦苦追寻的拯救

---

① 三岛由纪夫，《〈葵上〉与〈没有什么比免费的更贵〉》（『「葵上」と「只ほど高いものはない」』，1955）。

之"光"。虽然三岛以华丽的笔触描绘着六条的怨嫉,但六条所追求的,并不单纯是若林光这个人物的恋情——怨灵只会在夜晚出现,因此她对"光"的追求就带上了一层更深的含义。

追求"光"的,并非只有六条。六条在剧中暗示,还有无数女人也追求着"光",这其中也包括一直躺在床上的葵。在全剧的最后,若林光虽然被葵的呻吟声唤醒,摆脱了六条的魅惑,但在得知怨灵的真相之后,又奇妙地被六条的声音召走,离开了病房。由于失去了"光",整个舞台,以及葵的生命,自然是"突然变得一片黑暗"①。

《班女》

最初发表于《新潮》1955 年 1 月号。

能剧《班女》的典故源自西汉的班婕妤。据说班婕妤失宠之后,曾作《怨歌行》,将自身的命运比喻为在秋天遭到抛弃的团扇;《班女》与班婕妤的故事没有实际关系,只是用这个典故形容女主角的命运而已。

《班女》的情节相当简洁:旅店中的游女花子与路过此地的吉田少将坠入爱河,双方交换扇子作为信物后,吉田继续旅程。花子苦苦思念吉田,无心接客,因此被旅店赶走。后来,吉田在归途中回到旅店,但花子已不在此处。失意的

---

① 田村景子甚至认为,整出《葵上》都是病床上的葵做的一个梦。这也许是过度解读,也许不是。

吉田去参拜京都附近的下鸭神社，在那里偶然遇到了陷入狂乱的花子。二人相互确认对方的扇子，破镜重圆。

　　然而，通过引入实子这一完全不存在于原作中的角色，三岛使《班女》变成了彻底不同的作品——不仅完全颠覆原作，即使在《近代能乐集》的所有戏剧中，《班女》也堪称独树一帜。事实上，三岛只是借用《班女》的故事框架，他真正的灵感来源，是里尔克的《马尔特手记》：

　　　　在我的《班女》的主角身上，有着里尔克在《马尔特手记》中描写的葡萄牙修女玛丽安娜·阿尔科福拉多及其他"成为爱者"的女性的面貌。在我这个作者心中，也存在着里尔克所描绘的萨福的意象。

　　　　用里尔克的话来说：萨福"鄙视这样的观念：两个人当中必须有一个是爱者，有一个是被爱者"。"也有人不理解她：在她行为的峰巅，她怎么不是在为某个抛弃了她的拥抱的男子而悲伤，却是在哀叹从此以后再也不可能有哪个人能配得上她的爱呢？"[1]

　　　　实际上，强度过大的爱，有可能会超越真实存在的恋人。这不是由于花子的疯狂，而是因为，就像实子所说的那样，她的疯狂现在已经被彻底精炼出来，结晶成了疯狂的宝石，被安放在正常人所不知晓的、人类存在的核心之中。所以，在她眼中，吉雄只是一个骷髅而已。[2]

----

[1]　中译文引自《马尔特手记》（2011），曹元勇译。
[2]　三岛由纪夫，《关于班女》（『班女について』，1957）。

　　换句话说，花子的爱情（或称疯狂）已经被精炼得如此强大，以至于凡庸的、现实存在的吉雄不再能配得上她的爱（或者从来没有配得上过）。于是，花子的爱情就失去了对象，变成了一种只为自身而存在的事物，一种纯粹而永恒的事物。

　　这正是实子眼中的花子无比美丽的原因。也是出于同样的原因，三岛非常喜欢《班女》的能剧原作，但他却删除了原作中破镜重圆的情节。在实子看来（或者说，在三岛看来），爱情的对象是一种杂质，它只会降低爱的纯度——爱情应当而且必须以它自身为目标。

　　借用里尔克的另一段话来评价，可能更为贴切：

> 　　为了把这段草率而匆促地开始的爱情升华得如此完美，人们几乎可以说，孤独是必要的。能够如此伟大地感受一种幸福的这个灵魂，不会再沉到不可测知的人生的底部。她的痛苦是巨大的；可是她的爱情却大大超越她的痛苦而发展，再也不能遏阻。最后，玛丽安娜向情人这样大声表白她的爱情："它再也不取决于你是如何对待我。"它经受了一切考验。[1]

《道成寺》

　　最初发表于《新潮》1957年1月号。

----

[1] 里尔克评论玛丽安娜·阿尔科福拉多修女的五封信，中译文引自《里尔克散文选》（2005），钱春绮译。

　　《道成寺》是能剧中最为脍炙人口的剧目之一，它的歌舞伎版《京鹿子娘道成寺》同样广受观众喜爱。这部能剧取材于安珍和清姬的传说：庄司的女儿清姬对前来借宿的英俊旅僧安珍一见钟情，强行求爱。为了逃脱，安珍只得欺骗清姬。发觉自己被骗的清姬在暴怒中化为蛇妖，不断追逐；安珍最终逃到道成寺，躲在梵钟之内，但清姬变成的蛇妖盘绕梵钟，放出火焰，将安珍在钟里活活烧死。最后，蛇妖飞身入水。

　　不过，能剧《道成寺》的故事却发生在这则传说的四百年后：长年没有梵钟的道成寺重铸了一座大钟，在铸成之后的供养仪式上，一位白拍子[1]来到寺院，不顾僧人的阻拦，强行进入钟内，在梵钟里化身为蛇妖，重新现形，结果被僧侣们的祈祷击败。

　　有了前面五部作品的创作经验，本剧的改编手法已经十分成熟。三岛利用衣柜这一道具，在现代世界中巧妙地重现了原作中的梵钟，使得安珍死于钟内的背景，以及清姬入钟、出钟的情节显得十分合理，毫无生硬之感。

　　然而，换一个角度看，在《近代能乐集》中，《道成寺》也是与原作互文性最强的一部作品。可以说，如果不了解原作中"女主角进入梵钟，在钟内化作蛇妖"的情节，就不可能理解本剧的后半部分；由于《道成寺》在当时可谓妇孺皆知，三岛必定预设观众十分熟悉这一情节。

---

[1] 白拍子，日本古代的一种游方巫女兼舞女（同时也兼娼妓），身穿男装，擅长男性舞蹈。

与此同时，在熟悉原作的观众眼中，本剧却似乎存在着巨大的落差。尽管店主（对应原作中的僧人）为清子（对应清姬）可能毁容而担惊受怕，但清子从衣柜（对应梵钟）中走出时，却并未毁容。这看似是对原作的一种颠覆，实际上却并非如此；文学评论家田村景子敏锐地指出[①]，"化作蛇妖"的对应并不是外表的损毁，而是清子内心的变化。

在本剧中，清子数次用大段的独白表达了她对大自然的印象。这正是解析本作的关键：进入衣柜之前，清子眼中的自然风景是远离、抽象、泛泛的，从衣柜中走出之后，她眼中的自然却变得接近、具体、切实起来。在走出衣柜之后的独白中，各种气味浓郁得仿佛充满鼻腔，独白的视角简直是紧贴着花草和泥土——这正是蛇的视角。就像清姬在梵钟里化身为蛇妖那样，身处衣柜之中，清子的内在也彻底改变了。

清子进入衣柜之后，店主的紧张表现，其实只是三岛设下的思维陷阱，让观众以为对应蛇妖的是清子的毁容。只有在观众的惊讶褪去之后，本剧的真正意图才会浮现——那个自信地说着"不管发生什么，我的脸都再也不会变了"，涂着红唇前去赴约的清子，正是张开血盆大口向猎物扑去的蛇妖。

---

① 田村景子，《三岛由纪夫与能乐》（2012）。

《熊野》

最初发表于《声》1959年4月号。

能剧《熊野》取材于《平家物语》第十卷的《海道下》一节，自古以来就是名剧，有"熊野松风为米饭"之称（意为：就像米饭百吃不厌一样，《熊野》《松风》也百看不厌）。《熊野》的内容看似十分简单：在平清盛去世之后，他的儿子平宗盛任平家之主。宗盛的爱妾熊野以母亲生病为由，不断请求准假归乡，但宗盛坚决不准，还命令熊野随自己去赏花。抵达清水寺后，在赏花的宴席上，宗盛要求熊野舞蹈助兴；熊野一边起舞，一边创作了一首和歌，终于打动了宗盛。熊野赞颂清水观音的功德[①]，然后就从清水寺直接返乡。

在本剧中，三岛的改编可谓大胆奔放。本剧的前半部分完全忠实于能剧原作，部分台词甚至就是原作台词的现代语译文；然而，到了后半部分，三岛却突然将原作的剧情彻底颠覆，不仅让熊野放弃归乡，还使她的请假变成了彻头彻尾的谎言。可能是由于这一颠覆过于强烈、使人困惑，在《近代能乐集》的戏剧中，《熊野》属于极少上演的一部。

对于三岛的这一改编，评论者们各有褒贬。例如唐纳德·基恩曾直截了当地评价道，本剧"与其说是现代能剧，不如说是现代狂言……当熊野精神饱满、身材微胖的母亲登

---

① 表示这次得假是受清水观音或熊野权现的恩惠，同样含有宣扬佛教的成分。

场的时候，简直变成了喜剧"①。堂本正树对本剧的评价较高，但他将熊野视作纯粹的"虚构的美与谎言"的象征，将宗盛视作"现实"的象征，认为三岛的用意是描写这两者的矛盾冲突②。不过，这也只是一家之言，并未得到广泛认同。

实际上，《熊野》的情况可能和《道成寺》类似，只有了解能剧原作，才能更加深入地理解本剧。能剧《熊野》本身就是一个充满隐喻的文本，如果只看表面，该剧描写的似乎是"贵族老爷蛮横地欺凌可怜的美女"，但在剧作背后隐藏的大背景，却是平氏的命运。由于源氏的势力节节进逼，平宗盛就任为平家之主后仅仅两年，平氏一门就不得不从京都逃离，经过一系列败北，最终在坛之浦被源氏彻底消灭，宗盛也在被俘后遭到斩首。田村景子解释道，当时正值平氏逃离京都的前夜，宗盛已经预感到了败亡的命运，为了营造最后的回忆，才一直不准熊野请假，强拉她去赏花。在酒宴上看过熊野最为绚丽的姿态之后，他毫不耽搁，立即准假，让熊野离开危险的京都③。至于熊野在家乡还有恋人这一点，也并非是三岛的原创：自古以来就有一种民间的"通俗解释"，说熊野急着回乡其实是为了与恋人相聚；能剧研究家田代庆一郎认为，本剧是三岛对这一解释的"谐仿"④。

根据科学史家兼比较文化学家伊东俊太郎的观点，如果

---

① 唐纳德·基恩，《解说》。
② 堂本正树，《剧人三岛由纪夫》（1994）。
③ 田村景子，《三岛由纪夫与能乐》（2012）。
④ 田代庆一郎，《关于谣曲〈熊野〉（上）》（『謡曲「熊野」について（上）』，1979）。

说宗盛的赏花和酒宴象征着"生",那么不停叙述着母亲病情的熊野就象征着"死":

> 宗盛所讴歌的"此世之春",实则不过是像小阳春一样转瞬即逝的煊盛。在这春色背后潜藏着严酷的寒冬,而在荣华的"生"的背后,也正是逐步逼近的凄惨的"死"……在转瞬即逝的荣华之后,恰如樱花凋零,平家也即将灭亡。这岂非正是熊野对平家的惜别吗? [①]

在本剧中,的确也有几处比较明显的暗示:宗盛面临的商战犹如源平合战一般激烈,他的事业很快就会像平氏一样彻底毁灭。不过,对于后半部分的颠覆性改编,笔者至今没有见到一种非常有说服力的解释,这里只是罗列一些似乎较为合理的说法,希望对读者有所帮助。

《弱法师》

最初发表于《声》1960 年 7 月号。

能剧《弱法师》的故事取材于"俊德丸传说",但进行了更加悲剧化的改编。河内国高安的土豪高安通俊听信谗言,将自己的儿子俊德丸流放。通俊日后后悔,为了俊德丸此世及来世的安乐,去四天王寺布施,遇到了已经变成盲眼

---

① 伊东俊太郎,《阅读〈熊野〉》(『「熊野」を読む』,1987)。

乞丐的俊德丸。当时流行的净土信仰认为，四天王寺的西门正开向极乐净土的东门，因此俊德丸希望向西门的落日祈祷，使自己的眼睛康复；祈祷完毕，俊德丸以为自己已经复明，高兴地离开，结果却四处碰撞，遭到人们嘲笑，再度陷入消沉。入夜之后，通俊向俊德丸表明身份，俊德丸感到羞耻，想要跑开，却被通俊追上，带回家中。

田村景子指出[①]，能剧原作中的四天王寺是一所接济贫困病人的设施，但它存在的目的，并不是治疗病人（也没有能力治疗），而仅仅是提供一个让人们布施以积累功德的场所。在三岛的改编中，与四天王寺对应的现实设施，无疑就是家庭法院；战后创立的家庭法院存在的目的，同样不是让接受调解的人得到拯救（也没有能力拯救），而是达成表面上的和解，"向双方平等地分配相应的满足，同时还有相应的无奈"。

三岛的好友、文学评论家村松刚称，大约在 1957 年左右，三岛曾应妹妹美津子的高中同学请求，前往家庭法院担任证人。本剧中家庭法院的情景大概就出自当时的印象。三岛的母亲倭文重虽然也曾担任家庭法院的调解委员，但那是从本剧创作的五年之后才开始的，因此和本剧并无关系[②]。

根据三岛在 1965 年的一次访谈中的解释：

这部剧要讲的是，置身于终末感之中的少年是怎样向大人的世界复仇的。"弱法师"就是这一点的象征。

---

① 田村景子，《三岛由纪夫与能乐》（2012）。
② 村松刚，《三岛由纪夫的世界》（1990）。

大人们都是笨蛋；在大人之中，只有一位充满母性的调停委员级子让他无计可施，当他们交手的时候，为了对付她，他就只好使用某种撒娇的手段了。

（对于"那个结局果然意味着俊德的失败？"的回答：）也算是失败了。最后的那句话，意味着他输给了一切带有现实意义的东西。

虽然创作时间相隔十年，俊德却和《邯郸》里的次郎有着微妙的共同点。他们都厌恶"战后"这个世界，但和企图从这个世界中逃离的次郎不同，俊德选择了向世界复仇。在他的两对父母中，高安夫妇试图把战前的生活延续到战后，川岛夫妇则试图与战前的生活一刀两断，在战后的世界里重新开始新的生活。不过，在目睹过"这个世界终结的火焰"的俊德面前，他们全都被轻易地玩弄于股掌之间。直到面对象征着"现实"和"日常"的级子，俊德才败下阵来。

然而，这次对"现实"的败北就是复仇的结束吗？本剧的结局非常耐人寻味，也极具象征意义：在已经终结的"战后"世界里，俊德孤独地置身于人造的灯光中，却看不见"光"。燃烧在他眼前的，只有"这个世界终结的火焰"。

我经常会想，能剧总是从剧情的终结之处开始。这种想法至今也没有改变。[1]

---

[1] 三岛由纪夫，《变质了的优雅》(『変質した優雅』, 1963)。